文春文庫

注文の多い料理小説集

柚木麻子　伊吹有喜　井上荒野　坂井希久子
中村航　深緑野分　柴田よしき

文藝春秋

CONTENTS

さぁ、めしあがれ

注文の多い
料理小説集

エルゴと不倫鮨

柚木麻子

東急沿線徒歩二十分、閑静な住宅地のマンション地下一階にあるその会員制イタリアン創作館「SHOUYA mariage」に、外資系投資運用会社の営業部長である東《とう》條《じょう》が、営業アシスタントの仁科楓《にしなかえで》との夕食の予約を入れたのは、リーチがかかったと確信したからだ。彼女の気働きができるところや、男性社員のお世辞に困ったように茶色の髪を揺らして首を傾げるところ、手首に浮いた青い血管、控えめな配色のニットから浮かび上がる曲線、昼休みにお財布だけ持って外出する後ろ姿、すべてが好みだった。二十六歳の歳の差やこちらに妻子がいることを、真面目そうな仁科が気にする暇も与えないくらい、彼女が中途入社したその日から、東條は次から次へとジャブを打った。やや無理目の量の仕事を与え、彼女をオフィスに一人きりにする機会を作り、労《ねぎら》いを込めてことあるごとにちょっぴり張り込んだランチをご馳走する。そうこうしているうちに、仁科は少しずつこちらに心を許すようになった。一年前に恋人と別れたばかりであること、看護師を目指している妹と戸越に住んでいること、実家は経済的に豊かとは言えないこと、好きなアニメのキャラクターのカプセルトイを集めていることを恥ずかしそうに打ち明けられた。そして、ついに先週、接待の帰り道、タクシーの後部座席で小さな頭をこちらの肩にもたせかけてきたのだ。

「SHOUYA mariage」はトリュフやキャビア、フォアグラ、地産地消系のオーガニック野菜を使った伝統にとらわれない鮨とイタリアンワインとの斬新な組み合わせが売りだが、何よりも店の雰囲気が若い女を連れて行くのに適していると、東條くらいの年収の男の間で、じわじわと口コミで広まっていった。これまで五回ほど利用していて、インターンの女子大生をお持ち帰りし、手専門の美人エステティシャンとは短期間だけ交際するに至った。そこまで深い食の知識がなくてもワイン込みで三万五千円のコースさえ頼んでおけば、シェフがこちらのニーズをくみ取り、呼吸を合わせ、グラスを出す時に必ず銘柄を口にしてくれるのが、ありがたい。四組も座ればほぼいっぱいな大理石のカウンターが一つだけの黒を基調とした店内は、壁一面にワインラベルが飾られ、イタリア直輸入の調度品が適度な重みを与え、静かなジャズが流れている。席と席とがさりげなく離れていて、バーのような薄暗い間接照明のおかげで、他の客の顔はぼんやりとしか確認できない。何より立地が素晴らしい。自然とタクシーを使うしかなく、ほろ酔いの帰り道はそのまま渋谷のホテルに直行できるというわけだ。

「わあ、こんな素敵なお店、私、初めてです。大人の秘密基地みたいなところですね」

急な階段をヒールを気にしてそろそろと降りる時、東條はさりげなく仁科の腰に手を回した。ブルー系LEDライトで照らされた砂利道を通って、竹をかき分けると、笹で目隠しされた格好の腰くらいの高さのドアがあらわれる。どうぞ、と東條はドアを押す。かがんで潜《くぐ》る時、仁科の丸いおしりがこちらに向かって突き出される格好になり、東條は唾を飲み込んだ。肩の出るニットは彼女にしてはかなり大胆なもので、今夜はそっちもその気なのだろう、と確信する。

床はガラス張りで、その下には小石が敷き詰められ、カウンターに寄り沿うようにか細い川がちょろちょろと流れている。川を跨《また》いで脚の長いスツールに並んで座った。金色に染めた短髪にコックコート姿の三十代の男性シェフが、いらっしゃいという風に、無言のまま目だけで迎え入れる。客は他に二組で、いずれも東條くらいの年齢の身なりの良い男と、若く美しい女という組み合わせで、囁《ささや》くように会話している。ほら、とアタッシュケースからガチャポンのカプセルトイを取り出すと、仁科はわあ、うれしい、覚えててくださったんですね、と顔をほころばせ、店にまるで不似合いなそれを宝物のように両手で受け取った。シールを剝《は》がし、カプセルを開けると、目を丸くする。

「どうやって当てたんですか?? これ、一番欲しかったんです。超レアキャラですよ」

「仁科のためだから、オヤジが年甲斐もなく、頑張っちゃったよ」

と笑って、軽く彼女の腕を撫《な》でた。拒否されなかった。

その学生服の美少年のキャラクターを手に入れるために、東條は妻に、取引先の家族の小さな男の子が欲しがっていると、外注したのである。妻は中学生の娘を連れてゲームセンターに通い、その結果をいちいちラインで報告してきたものだ。元は同業者だった妻は、仕事のためとあれば、どんな協力も惜しまない。もともと頑張り屋で、娘の受験でも、町内会のバザーでも、人並み以上に張り切ってしまい、後日ぐったりと寝込んでいるほどだ。雑貨店のパートでも結局契約社員になってしまい、本人も戸惑っている。ダイエットにも手を抜かないので、こんな風に外で恋愛を楽しむことはあっても、妻への愛情には影響していない。会話やスキンシップは減ったが、平均よりはずっと仲の良い夫婦だと思っている。ガチャポンマシンだって、きっと手を合わせ、決死の思いでハンドルをひねっていたに違いないのだ。当たりが出た時は、カプセルを手にガッツポーズを決めた写真と、喜びを表現したスタンプが雪崩《なだれ》のように送られてきた。

仁科は学生服のキャラクターを手のひらに乗せ、顔がどうとか、性格がどうとか、実在しない彼の魅力について愛しげに語っているので、ふっと嫉妬らしきものを覚え、東條は頬杖をついてシェフに話しかけた。

「今日のオススメって何かな？」

「そうですね。六月ですから、いいカツオが入っております。ガーリックオイルで召し上がっていただきます。甘エビのプリンも人気ですよ。あと、赤パプリカのいいのが入ってます。まるでフルーツのように甘く、肉厚なんです」

「そうそう、ここの野菜はシェフ自ら、鎌倉の朝市まで行って手に入れているからね。新鮮さや甘みが他と全く違うよ」

「このお店、よくいらっしゃるんですか？」

仁科が再びこちらに憧れの視線を向けた。他の二組もワインを前にして、主に女の方が相槌《あいづち》を打っている。シェフと男たちの共犯関係が心地よい。

「金箔を浮かべたシャンパーニュ、キャビアとトリュフを乗せたカニのムース、アワビの握りの肝と赤パプリカソースです」

そう言って、シェフがカウンターに並べたのは、ガラス皿に乗せられたキャビアとトリュフでほぼ見えなくなっているカニのムース、アワビの握りにオーロラ色のソースをかけたものだった。銀でできた重たい箸《はし》が添えられている。アシンメトリーヘアにしたお運びの美青年が、金箔を入れたグラスに冷えたシャンパンを注ぐと、黄金と泡がしゅわしゅわと踊りだす。

「わあ、すごーい。キラキラしてて宝石箱みたい。何だかお鮨屋さんじゃないみたい」

仁科はうっとりして、グラスを照明に透かしている。白く細い喉がむき出しになった。一口飲むなり、唇が光り、目がとろりと潤いを帯びていく。このための三万五千円だ。

「まあ、泡は万能だからね。鮨にはとにかく泡か、ミネラルの感じられる軽めの白が合うんだよ。あとはロゼ。赤で重くて渋いタイプは絶対に避けた方がいいね。タンニンが鮨の繊細な味わいを殺してしまうんだよ」

「部長、よくご存知なんですねえ」

「それに海苔《のり》や醬油は渋いワインと相性が悪いからね、ここの鮨はほとんどを、オリーブオイルや野菜のソース、塩で食べさせるんだよ、これが新鮮だし目からウロコの美味《おい》しさなんだ。鮨とワインのマリアージュという、自由な発想がビジネスにも応用できるんだよなあ」

「へえ、ヒントって色々なところにあるんですね。さすがだなあ」

シャンパンで唇を湿らせ、スプーンでムースを口に運ぶ。

「うん、よく冷えていてうまい。ナッツのような樽香《たるこう》が効いているね。カニの甘みを引き立てているよ。あ、唇についてるよ。失礼」

東條はさりげなく、仁科のぽってりした上唇についている金箔を、親指で取り去った。彼女は乳をねだる赤子のようにいつまでも小さく口を開けている。さらりとした唾液と金箔が、東條の指にまとわりついた。本当に赤子のような乳くさいにおいがするな、とくすぐったい気持ちになっていたら、すぐそばに頭の大きな乳児が現れ、ぎょっとした。正確には、巨大な乳児をエルゴ紐で胸元にくくりつけた、体格の良い中年女性が、甘ったるい乳の匂いを辺りに振りまきながら、ドアの前で仁王立ちしていた。灰色のスウェットのズボンと、所々に母乳らしきシミのあるヨレヨレのカットソーは、部屋着以下のいでたちだった。その母親はのしのし、と音がしそうな足取りで、東條たちの席から近い、厨房《ちゅうぼう》を横から覗《のぞ》ける角席のスツールにどしんと腰を下ろし、重そうなマザーズバッグを床置きした。いちげんであるのは確実なのに、よく通る太い声でこう言った。

「すみません、子連れで！　でも、この子今、よく寝てるし、私パッと食べて、サッとハケますんで！　すみません！」

「お客様、申し訳ありません。当店は会員でないお客様は……」

遠慮がちなシェフに向かって、母親は全くすまなそうではない、早口でこう言った。

「私、この向かいのマンションの三階に住んでいるものです。こっちのマンションのオーナーさんのお母様、ここの管理人もされていて一階にお住まいじゃないですか？　最近夜、健康のためにウォーキングされてるでしょ？　うちの子、夜泣きがひどくて、寝かしつけるための夜の散歩が日課なんですけど、それで知り合って仲良くなったんです。で、世間話の最中に、お酒やナマモノに飢えてて死にそうって愚痴ったら、この地下のお鮨屋さんはうちの子の持ち物だから、卒乳したら好きな時にいつでもおいでって言われたので、お言葉に甘えちゃいました。あ、大将！　オーナーさんにこのお話、今電話でちょっと確認していただけますか？」

シェフはすぐに背を向け、アシンメトリー青年がそっと差し出した子機を手に取ると、どこかに電話をかけた。しばらくして、しぶしぶと言った表情で、こちらに向き直って小さく頷《うなず》いた。

「ええと、まず、小肌《こはだ》!!　ビールね！」

母親はおしぼりが出てこないことに気付いたのか、明らかに赤ん坊用の大判ウェットティッシュをマザーズバッグから取り出し、手と顔を雑にゴシゴシと拭いた。赤ん坊はぴくりとも動かずそのたくましい身体に張り付いている。眉間《みけん》にはいかにも勝気そうにくっきりと皺《しわ》がより、唇からは透明のよだれが流れ、手足には芋虫のような肉の輪が連なっている。寝入っているはずなのに、なんだかやかましい印象を受けた。今はできるだけ頭から追いやりたい自分の娘のことが思い浮かび、東條は落ち着かなかった。とはいえ、娘がこれくらいの頃は、仕事が忙しくてほとんど家に帰らなかったのだが。

「当店にビールのお取り扱いはありません」

シェフの口調は冷たいと言っていいほどだが、母親は気にする様子もない。

「あ、そうですか、じゃあ、八海山！」

「当店は、グラスワインと鮨のマリアージュを自由な発想で楽しんでいただくお店でして」

「え、そうなんですか。すみません、何も知らなかった。管理人のお母さんからは、お鮨屋さんとしか聞いてなくて。私、グラスであれこれ飲むのが、得意ではないんです。冷たすぎる白ワインって、人肌の酢飯にあんまり合わないような気もするし。えーと、ワインリストいただけますか？」

「ボトルをお一人で？」

シェフばかりではない。カウンター全体に動揺がさざめきのように広がっていく。もはや、誰も会話なんてしていない。この店でボトルを入れたら、三万五千円では済まないぞ、と、東條は冷汗をかいた。

「昔、って言っても二年前か。あの頃は毎晩一本は普通に空けてましたんで。全然飲み切れます」

ワインリストを受け取った母親は、顔をしかめて近づけたり、うんと遠ざけたりした。

「すみません、ちょっと私の周りだけ、照明を明るくしていただけます？　ごめんなさい。産後ですっかり視力が落ちてしまって。授乳が始まってからはなおさら……」

シェフは聞こえよがしのため息をついた。アシンメトリー青年が裏に姿を消してすぐ、母親の頭上から、カッと白い光が照らされた。そうすると、薄暗い店内が、彼女主役の舞台に様変わりして、東條はますます居心地が悪くなってくる。照明の下で見ると、髪はボサボサで目の周りはクマで縁取られ、青ざめた肌に化粧けは全くない。疲れ切っている上に、若くもなく、むくんでいる。美しいところの全くない女だった。それなのに、少しも引け目に思っていなそうなところに、東條は腹が立った。店中の視線を集めているのに、母親は平気な顔で喋《しゃべ》り出した。

「私、鮨もワインも口にするのが一年九ヶ月ぶりなんです。今から四時間前についに夜間授乳が終わったんです。この子、今、生後十一ヶ月なんですけど、日中は粉ミルクでももう問題ないけど、夜は三時間おきにおっぱいをあげないと駄目だったんですよね。でも、もう、授乳なしでこのまま朝までいけそうなんです。私、妊娠が判明してから今日まで、何よりも好きなナマモノもアルコールも一切口にしていませんだから、卒乳した夜だけは、好きなように好きなだけ食べたいんです。パッと食べてすぐに帰りますんで。ここしか行けるところもないんです！」

どれもこれも、この場所では聞きたくないキーワードの洪水に、耳を塞《ふさ》ぎたくなる。しかし、誰にも邪魔させないという異様な迫力が彼女にみなぎっている。ほとんど寝ていないのだろうか、よく見ると白目が不気味なくらい血走っていた。

「一年九ヶ月ぶりのお酒だから、軽めの白とか泡とかロゼとか、絶対に嫌なんですよね。渋くてそれなりに重い赤をごっくごく飲みたいんです。あの、そこにラベルが飾ってあるってことは、あのう、スーパータスカンのティニャネロ、あるんですよね」

壁を指差してその銘柄を口にするとき、彼女の声は微《かす》かに喜びで震えているような気がした。

スーパータスカンといえば、少し前に話題になった気がする。トスカーナ地方で生まれたなんでもありな技法のワイン。東條はカウンターの下で、仁科にばれないようにスマホを操作する。ティニャネロは、一九七一年に名家アンティノリで誕生したサンジョヴェーゼにカベルネ・ソーヴィニヨンをブレンドした傑作ワインとあった。

「もちろん、ございますが……。タンニンも強く、かなり食材を選ぶとおもいます

「でも」

「でも、サンジョヴェ主体だから、この品種独特の酸味が、ボルドーみたいなカベルネ主体のガチに重いワインよりは、お鮨に合う気がするんですよね。試してみたいです。ティニャネロに、私がこちらで作って頂けそうなお鮨を考えますので、それを握ってください。頼みます！」

事も無げにその母親は言い放った。

「えーー……」

シェフは困惑したまま声を漏らし、立ちつくしていた。

同じカウンターの一番右側に座っていた、益川紗江子《ますかわさえこ》は、ホタテのバジルソース握りを重たい箸で口に運びながら、声のする角席をまじまじと見つめた。これとそっくりなセリフをどこかで聞いたことがあるのだ。

現在は銀座でホステスをしている彼女にとって、人生最初の同伴相手が、十年前にまさにこんなオーダーをしたことを、思い出したのだ。紗江子はまだ山梨から出てきたばかりの十八歳のキャバクラ嬢で、いきなり鮨屋でサーモンを頼んでしまうような娘だったが、その男はならば江戸前の味を教えたいと意気込んだ。しかし、行きつけの店が代替わりして、軽いワインと淡白な鮨ネタの妙を楽しむという趣向に変わっていて、男はカンカンに怒り出した。ボトルのロマネコンティを持って来い、それにあわせた握りをこちらで指示する、と無茶苦茶なことを言い出したのだ。男もこの母親のように、よく通る太い声をして、堂々としていて身体が大きく、健啖家だった。確か、中東の石油開発に携《たずさ》わっていた。今、隣に座るベンチャー系の社長にはない、汗と土の香りがした。そういえば、あの店はどうなっただろうか。こうした類《たぐい》の鮨屋はいつの年も数多く出現し、どこも二年以内で消えていく。あの人、好きだったなあ、と久しぶりに、紗江子は彼のことを思い出した。

運ばれてきた赤ワインのラベルの丸いマークを母親はうっとり見つめ、指でなぞった。

「一九九七年！　当たり年じゃないですかあ！」

ポンとコルクが音を立てて抜ける。アシンメトリー青年をやんわり断り、母親は手酌《てじゃく》でなみなみとグラスに注ぎ、口をつけた。青ざめた肌がサッと朱に染まる。目薬をさしたように白目が澄んで、パサついた髪までが一瞬でしっとりしたような気がする。

「キター……」

母親はげんこつで額を一回突くと、眉間に皺を寄せ低い声でうんうん唸《うな》っている。

そうすると、すぐ下にいる赤ん坊とそっくりな顔になった。そして、彼女の一年九ヶ月がその身体から店全体に溶け出していくような、はあーっ、と長い溜息《ためいき》を一ついた。母親の目はらんらんと輝き、おもむろに、シェフに命じた。

「ホタテはありますか？ それに醤油を塗って、軽く炙《あぶ》り、海苔で巻く、レアの磯辺焼きにしていただけますか？」

「当店、海苔の扱いはございません」

「そうですか、じゃあ、大葉はありますす？ それで巻いてください」

シェフは無表情のまま頷くと、のろのろとホタテを殻付きのままバーナーで炙り始めた。

母親は手首にはめていたゴムでざんばらの髪を一つにきつくまとめた。そうすると、こめかみはピンと張り詰め、両目がつり上がった。思いがけず、愛嬌のある顔だちだった。大葉で巻かれた醤油が香ばしそうなホタテが現れると、母親はじっくりと見つめ、やおら手づかみでかぶりついた。プリッとしたホタテの食感を伝えるかのように、彼女は右肩を軽く持ち上げた。ワインをすかさず大きく一口飲む。ホタテの咀嚼《そしやく》とワインの嚥下を繰り返すうちに、頬の赤みは強くなり、白い唇は色づき、彼女の全身に血がめぐり出すムンムンという熱気がこちらにまで伝わってきそうで、店内の温度ははっきりと上昇した。東條は氷のように冷えたピノ・グリージョとアボカドととんぶりと大トロのカリフォルニアロールに手をつけず、ただ彼女に見惚れていた。他のカップルもみんな食事の手を止めている。母親の声はさらに力強くなった。

「鮒鮨とか、なれたものってありますか。あ、ないですか。なら、チーズ、そう、熟成したミモレットはありますか？　それを薄く削って、酢飯と一緒に握ってください。アサツキかシブレットがあればそれを散らしてくださぃ」

「ミモレットのお鮨なんて、すっごくおしゃれですね！　私も同じの食べたいかも。ねえ、あの人めっちゃ、食通って感じしませんか？」

仁科がはしゃいだ調子で、カリフォルニアロールではなく母親ばかり見ている。

「コースで指定したからね、他のものを頼むなんて、無理だよ」

東條はうんざりして小さな声で囁いた。こちらの声が聞こえたのか、母親はいきなり、おおらかな笑顔で話しかけてきた。

「ミモレットはなぜかご飯に合うんですよ。一番美味しい食べ方はね、薄く削いで、お茶漬けにすることですね。永谷園のお茶漬けの素なんかぴったり」

「へえ、真似してみようっと。ありがとうございます！」

仁科は彼女と言葉を交わせたことがよほど嬉しいのか、小動物のようにキュッと肩をすぼめて、スマホにメモまで取っている。母親は大判ウェットティッシュで再び手を拭《ぬぐ》うと、カウンターに乗せられた、からすみの握りそっくりのミモレット鮨を、大事そうにたいらげ、今度はゆっくりと身体に染み渡らせるようにワインを飲んだ。

「次はですねえ、イタリアンてことは熟成の生ハムはありますか？　それを酢飯と握ってください。あれば、ゆず胡椒をちょっと添えてくださぃ。熟成ワインには熟成ネタじゃないと、苦しいかなって思うんですよね。あ、そうそう、甲府のワイナリーを巡っていた時、おもしろいおつまみに出会ったことがあるんですよ、きな粉をまぶした信玄餅と薄切りのパルミジャーノを生ハムでくるりと巻くんですけどね」

「えー、お餅と生ハム⁉　なにそれ、バズりそうな組み合わせ！」

仁科が目を輝かせた。客同士の垣根がない、商店街の鮨屋のカウンターのような和気あいあいとしたムードに、東條は歯ぎしりした。

「意外でしょ？　ハムの塩気ときな粉の香ばしさ、お餅のもっちり感と甘みが、重ーいメルローにとてもよく合うんです。あ、そのメルロー、新聞社が一流大手酒造に協力させて造ってる超レアなやつで、滅多に手に入らないんですよね」

「えー。なにそれ、飲んでみたーい！」

どんな知識を出してもこの母親には負けてしまう。今は何も言わないのが得策だ、と東條は唇を結んだ。

「私、実家、山梨なんですよ。国産のワインもお好きなんですね」

ふと気付けば、一番右の席の、起業家風の男の連れの、いかにも金のかかりそうなホステス風の美女までが身を乗り出している。母親はワイングラスを揺らしながら、しみじみした口調で言った。

「ええ、ワインと聞けば、どんなところにも出かけたなあ。だから、人生で一番辛かった一年九ヶ月ですよ。ノンアルコールなんて気休めにもならないしね。チーズだってエポワスみたいなウォッシュタイプが好きなんですね。好きなものがほとんどこの子のために禁止なんですから……。って、なんか楽しいな――！　こんな風に最後にお酒飲みながら大人と喋ったの、いつだったっけ」

照明の具合かルビー色に変化したワインを、母親はゴクゴクと飲み干した。

「あ、そうだ、マグロのヅケってあります？」

「当店はマグロはすべてお客様の目の前でバーナーでレア状態に炙り、バルサミコソースかトリュフ塩で召し上がっていただくことになっています」

「そうですか？　醬油味のマグロはこういう甘いタンニンのワインに、合うと思ったんですが。ソムリエの友達も重めの赤とマグロのヅケの相性はかろうじて悪くないと言ってましたから。今からでも煮切り醬油につけていただけたら全然、最後の方に間に合うと思うんで、作っていただけませんか。何しろ私、ナマモノに飢えていて……」

「私も、ヅケでいただきたいです！　いいですよねっ」

仁科が強く賛同すると、ホステスもニコッと頷いた。

「うん、私もいただきたいな！　マグロのヅケで、渋めの赤ワイン、試してみたい」

シェフがマグロのサクを取り出すとその背中に、母親は追い打ちをかけるように命じた。

「そうそう、漬けている間に、ウニ軍艦握っていただけますか？　あ、海苔ないのか。なら、薄く切ったきゅうりを代わりに巻きつけてください。浅草のお鮨屋さんで食べたことあるんですけど、ヒスイ色と橙《だいだい》のコントラストがとても美しいんですよ」

島田《しまだ》昌美《まさみ》はよく冷えたロゼと、生肉のカルパッチョにウニを乗せた握り、フォアグラのフルーツソースを前に、その母親から目が離せなかった。こういう種類の女が、酒を飲み、高い料理を食べ、楽しそうにしゃべる姿を、昌美は実家の専業主婦の母親を含めて、これまで一度も見たことはなかった。短大からコンサルタント会社に入って五年、隣に座っている妻子ある上司とずっとつきあっている。結婚も子どもも昌美は興味はないし、この関係に不満はない。男から、妻は退屈な女だと聞いている。子育て以外に何もしていなくて、たまに外食に誘っても、おしゃれもろくにせず、視野が狭くて話が異様につまらないのだという。その点、昌美は映画や読書の話題も豊富で、自立しているから対等に付き合えるし、一緒にいて世界が広がっていくようだ、と褒められる。実際、二人で秘密で出かけた南米旅行はとても楽しかった。

でも、本当に彼女はつまらない人間なのだろうか。子供以外誰にも会わなければ、視野が狭くなって当然だし、時間がなければカルチャーなんて一番最初にどうでもよくなるのだろう。もしかして、日々の些事《さじ》の向こう側に、彼女本来の面白さというものは存在するのではないだろうか。この母親のように、赤ワイン片手に自分についいて喋り出す、男の妻を想像してみた。一度だけ、社内のバーベキューで会ったことがある。三人の子供から片時も目を離さない、控えめな女性だった。お酒を勧められても、口にする暇など全くないように見えた。

昌美が侮蔑するべきはあの女性ではなく、ひょっとして隣の男なのではないか。彼らがこうしてアイロンのかかったシャツを着て若い女と高級な鮨を食べている間に、その背後には、家事や育児に追われる女たちがいるわけだ。この店の不思議な歪《ゆが》みは、本来隠れるべき存在の突然の出現にある。

塩で食べるきゅうり軍艦ウニに続き、炙ったカツオに汁ができるまで叩いた青ネギをのせて握れ、バッツァというサラミがあるはずだ、それと青トマトを紙のように薄くスライスしてネタにしろ、米茄子《べいなす》を揚げてみろ、梅肉はあるか、すり胡麻《ごま》といり胡麻と砂糖と醤油と酒でたれを作りそれで鯛をあえろ……と、母親はワインボトルを抱えた司令塔になって、シェフを右往左往させた。ワインをどんどん飲み、完成した握りを端から上機嫌で頬張っていった。東條がこれまで出会ったどの女より、よく飲みよく食べる女だった。グラスを傾ける度《たび》に、彼女の内側から、貫禄がにじみ出していくようだった。彼女が旨そうにヅケを食べ終えるなり、ギャン、と赤ん坊が泣き出した。顔を真っ赤に歪め、ポタポタと涙をこぼし、手を強く握りしめている。母親は初めて慌てた顔で、立ち上がった。

「あー、泣いちゃった。えーと、オムツかな？　ここのトイレ、オムツ替えるスペースありますか」

「ございません」

シェフはぐったりした調子で答えた。基本的に客がお任せしか頼まない店だから、ここまで細かい注文を受けたことはないのだろう。他の客の調理も合わせると、たった一人きりで、気の毒になるような働かされ方だった。

「ですよねー。すみません、ちょっと外に出てきまーす」

そう言うと、母親はさっさとスツールを滑り降りて、赤ん坊とともにドアの向こうに姿を消した。砂利を踏みつける音がした。

「なんなんだ、あれは」

東條は思わず、彼女の消えた方を振り返って、つぶやいた。

「本当、いい加減にしてほしいよな」

ラフな服装の、でも決して若くはない起業家風の男が、身体をこちらに傾け、たちまち同意した。東條は嬉しくなった。やっと店に静けさが戻り、鮨をつまんでいると、すぐに母親は戻ってきた。胸元の赤ん坊はもうすやすやと、指をくわえて眠っている。

「その辺歩いたら、泣き止みました。小雨が降り始めてましたよ。あれ、洗濯物取り込んだかな？」

起業家風がワイングラスを置くなり、いきなり振り向いて、母親に食ってかかった。

「あんた、この店にふさわしくないよ。俺たちは静かに食事を楽しみたいんだよ。子連れだからって、何でも我がままが通ると思ったら、大間違いだぞ」

そうだ、そうだ、と東條は思う。正しさを振りかざされるのは、太陽の下だけでたくさんだと思う。自分が稼いだ金でほんのちょっぴり、甘美な楽しみを舐《な》めることの何がいけないのだ。タバコもダメ、ちょっとしたおふざけもダメ、ベビーカーにも気を使え。こういう女が不遜《ふそん》な態度でありとあらゆる場所に現れ、東條たちから居場所をどんどん奪っていくのだ。

「そうだ、ここは大人の社交場だぞ」

と、東條と似たような背格好の勤め人らしい男も低い声で加勢した。

「大人の社交場じゃないでしょ。男のための社交場でしょ」

ぼそりと言ったのは、男に寄り添っていた、秘書風の物静かな美女だった。一同、彼女を見つめる格好になった。母親はといえば今は赤ん坊に顔を向けているので、表情まではわからない。

「あのう」

声をあげたのは、仁科である。彼女はもう全く東條を見ていない。

「私は気になりません。どうぞ、好きなだけ召し上がってください。だって、お鮨もお酒も二年ぶりなんですよね」

「ですよね、今、このお店中で、一番お鮨とワインを欲しているのは、この方ですよね。私たち、いつでも食べられるし。ていうか同伴て大体鮨だし」

と、美人ホステスも頷いている。

「いや、でもね、ＴＰＯがあるだろ。子供だってこんな夜中に可哀想じゃないか」

東條はなるべく穏やかにたしなめたつもりだが、仁科は別人のような剣幕で、食ってかかってきた。

「はあ？　自由な発想でマリアージュすることが大事ってさっき、おっしゃったじゃないですか。なのになんで、お母さんがお鮨を楽しんじゃいけないんですか？　こういうお店は、部長みたいに誰かに育児や家事を任せられる人だけが、楽しめる場所なんですか？」

店はしんと静まった。すると母親は、赤ん坊を楯にするようにお腹を突き出して、睨《にら》みあう男女の間に割って入ってきた。そして、おどけた調子で両手を軽く挙げてみせる。

「みなさん、どうもありがとう！　本当にすみません。すみません。後一貫か二貫ではけますんで。みなさん、素敵なデートの時間を邪魔してすみません」

口ではそう言いつつも、またしても全然悪いと思っていないことがはっきりわかる調子で彼女は角席に突き進み、再びスツールに腰を下ろした。入ってきた時とは別人のように、クマが消えたせいで瞳は生き生きとして、頰はバラ色だった。

「そろそろ締めようかな、干瓢《かんぴょう》巻きってあります？　ピノ・ノワールに合うってどこかで聞いたことがあったから、どうだろう。わさびもたっぷりだと、甘さや歯ごたえが引き立って美味しいと思うんですよね。それに熱いお茶もいただけますか」

「ございません。デザートは、パッションフルーツのジャムを使ったパンナコッタとデザートワイン、エスプレッソを用意しております」

シェフは明らかにびくついていて、今にも消え入りそうなか細い声だった。

「そうですか、だったら、卵焼いてもらえますか？　もちろん、お砂糖はたっぷりでね！　エスプレッソはダブルにしてください。結構合うとおもいます」

シェフがいそいそと準備を始めた。卵の割れる音がする。やがて、油の音と甘い香りが漂い始めた。不意に娘の運動会の朝を思い出した。妻は張り切って豪勢なお弁当を作った。決して応援に来てくれない父親に娘が最後に泣き顔を見せたのはいつだったろう。今の彼女はもうあっさりとしたものだ。ダイエット中だから、と甘い卵焼きも好まない。

「私も卵焼きが食べたい」

と、仁科がいい、他の女たちも口々に同意した。

「私も、私も」

カステラのように均等に焼き目のついた見事な卵焼きだった。女たちに褒められて、シェフはその日初めて、ホッとした笑顔を見せた。小さなカップの取っ手に太い親指を引っ掛けて、母親は赤ん坊のじゃがいもみたいな頭を撫でた。

「ああ、美味しかった。ティニャネロってね、現在二十六代目の当主が、三人の娘たちに支えられて経営しているワイナリーなんですよ。今夜はまさに三人の女性にサポートされて、それにぴったりなワインも選べて、最高の卒乳を迎えられました。ああ、楽しかったな。美味しかったな。皆さん、どうもありがとう。そろそろ育休も終わるし、明日からまたワンオペ、頑張れそうです」

テーブルの会計の時に彼女がマザーズバッグからガサガサと取り出したのは、財布ではなく「御出産御祝」と書かれた大量のご祝儀袋だった。封筒をビリッと破いて、カウンターの上に一万円札をどんどん重ねていく。宣言通り、赤ん坊とともに彼女は忍者のように姿を消した。ひょっとすると、時間にして一時間にも満たなかったのかもしれない。空いた席を見て全員が気づいた。

母親はワインを一本空けたのだ。

母親の言うことは本当で、食事の間、小雨が降っていたらしい。アスファルトは黒々と濡れていて、空気がもったりと重かった。タクシーを呼んだにもかかわらず、送ろうと言う東條の申し出を仁科は断った。

「私、駅まで歩きますから。大丈夫ですよ、二十分くらい。最近、運動不足で」

「え、でも、危険だよ」

東條がオズオズと、それでも食い下がった。タクシーの運転手が、小莫迦《こばか》にしたようにこちらを見上げているのが気になって仕方がない。

「大丈夫です。私、若いし。美味しかった。ごちそうさまです。コース外のものも頼んじゃって、ごめんなさい」

こちらを哀れむように仁科はそう言った。同時に会計を済ませたらしい二組のカップルが追いつく格好になった。秘書風とホステス風が、まるで女子高生のように仁科を挟んだ。

「え、じゃあ、私、ご一緒しよっかな」

「私も、なんか歩きたい気分。ねえ、どこ住んでるの？」

女たちはそれぞれの美しいふくらはぎを見せつける形で、並んで去って行った。ヒールが濡れたアスファルトに打ち付けられる。

通りの向こうから、小股で早歩きしている、サンバイザーにジャージ姿の初老の女性がやってきた。彼女は真っ直ぐ前を向いたまま、三人の男の前をキビキビと通り抜けていった。

卵焼きの甘い残り香が地下から立ち上ってきて、雨のにおいと溶け合った。向かいのマンションの庭の大きなビワの木が、通りにまで垂れ下がっている。あの赤ん坊の泣き声が降ってきた。その声がする三階のベランダには、取り込み忘れたらしい、キリンのぬいぐるみが濡れそぼって張り付いていた。

夏も近づく

伊吹有喜

鯉のぼりがたなびく五月の連休の終わり、集落を見下ろす墓地に参ったついでに、沢井拓実《さわいたくみ》はあたりの草をむしる。この時期はまめに草を取らないと、すぐに蔓《つる》草が石を覆《おお》い隠してしまう。

作業を終えたあと、墓地から少し離れた桜の木の下に座り、ステンレスボトルに詰めた水出しの茶を飲んだ。

眼下には一面の茶畑、その向こうには翠沢《みどりさわ》と呼ばれる集落がある。緑の茶の木のなかに、ところどころ黒い覆いで包まれた畑があるのは、かぶせ茶の畑だ。

三重県は静岡、鹿児島に続き、三番目に茶の生産量が多い。なかでも鈴鹿山脈のふもとにあるこの地で作られるかぶせ茶は新芽の時期に一週間ほど黒い布を茶の木にかぶせて日光を遮断し、茶の旨みを醸《かも》し出すテアニンという成分を新芽に多くふくませる。

そうして作られた茶葉は緑の色濃く甘く、このうえなくまろやかな味がする。冷たい水で時間をかけて淹れると、その味わいはさらに増す。この茶は酒のように気分を上向かせ、ともに食べるものの旨みを強く感じさせる。

のどの渇きが癒《い》えたので、拓実は弁当を広げる。弁当といっても、朝に手早くつくった塩むすびが三つ。

握り飯は塩だけで結んだものが好きだ。土鍋で炊きあげたつややかな白飯を極上の塩で結べば、具はいらない。むしろ邪魔だ。土鍋が引き出した米の甘みを塩がくっきりと際立たせた味わいは、よく嚙んでそれだけを静かに楽しみたい。

一つ目の塩むすびを食べ終えて緑茶を飲むと、風のなかに百合の香りがした。

鈴鹿の森の五月は新緑と、百合の香りに包まれている。

「あれえ、タクちゃん、ここにいたんだ」

車が停まる音とともに、年配の女性の声がした。振り返ると、軽自動車の窓から浜井《はまい》静子《しずこ》が手を振っている。

家の裏手に住む静子は六十八歳。亡き父の従姉妹だ。

「タクちゃんちにお兄ちゃん来てるよ、男の子を連れて」

男の子？ と聞き返して、拓実は不思議に思う。六歳違いの兄の克也《かつや》の家には娘が二人いるが、息子はいない。

「兄さんの家の子は女の子だよ。おばさん、誰かと間違えてない？」

「いやいや間違えてない、あれは克也君だって。いつもお世話になってますってあたしに言ったもん……じゃあ、あれは女の子だったのかね？」

「いや、わかんないけど」

静子が少し思案したあと、うなずいた。

「ああ、でも女の子だったかもしれんね。モッサリしてたけど、お肌がつるるんとして、唇もちゅるるんとしてた」

ちゅるるんとした唇とは、どういう唇なのか。昨夜、食べたもずくの梅酢和えの食感を思い出し、自然と口内に唾液がわく。

ああ、残念、と静子が悔しげに言っている。

「男の子だったら、タクちゃんとタケノコ掘ってもらおうかと思ったのに。……とにかく早く帰ってあげなよ。克也君、家に入れずに困ってたよ」

車から降りた静子が墓地へ歩いていく。ステンレスボトルと、塩むすびの包みを持ち、拓実は自分のミニバンに戻る。

家に帰ると、玄関前の車寄せにレンタカーが一台停まっていた。それなのに、あたりには誰もいない。

庭へ回ってみた。すると、髪が少し薄くなった兄と、白いシャツにカーキ色のパンツを穿いた、小学校高学年ぐらいの子どもが縁側に座っていた。

二人の間には一メートルほどの距離が空いており、兄は腕組みをして庭の山椒を眺め、子どもはスマホを見ている。前髪に隠れて表情はわからないが、ゆで玉子のようにつるりとした肌に薄桃色の唇がみずみずしい子だ。

兄さん、と呼びかけると、ほっとした顔で縁側から兄は腰を上げた。

「拓実、元気そうだな。家の鍵、変えた？」

「何を今さら。五年前に変えてるよ」

そうか、と兄が古家を見上げる。

「もうお前の家だもんな……」

兄の沢井克也は東京の大学を出たあと、大手広告代理店に勤めている。弟の自分は大学は東京だが、卒業後に何度も職と住む土地を変え、十年前に母親が倒れたのを機に一人でこの家に帰ってきた。地元の工場に勤めながら六年前に祖母、その翌年に母を見送ったのだが、二人続けて介護をしたということで、遺産相続の折に兄は権利を放棄し、この家を譲《ゆず》ってくれた。

兄はまだ家を見つめ続けている。

「何か気になる？」

「あばらやだな、と思って」

「何を今さら。それより来るんだったら電話の一本ぐらいしてよ」

「急な話でどう説明したらいいのか迷って……。あ、この子は葉月《はづき》」

兄の言葉に、子どもがスマホから顔を上げ、軽く頭を下げた。潤んだような大きな瞳に、ますます男女の判別をつけかね、拓実は戸惑う。

葉月という名前なら、たぶん八月の生まれだ。しかし母の葬儀の折に会った兄の娘は、二人とも音楽にちなんだ名前だった。

決まり悪げに、兄が言葉を継ぐ。

「葉月はあれだ、ほら、最初のときの……」

ああ、と思わずうなずき、拓実は子どもに目を向ける。

兄は子どもが生まれてすぐ、最初の妻と離婚していた。その後、すぐに再婚し、三ヶ月後に娘が誕生している。誕生日の近さから、兄が同時進行で二人の女性と関係を持っていたことは明らかで、それゆえに前妻との離婚話はたいそうもめた。たしか養育費は高額な上、前妻の意向で面会や交流も断られていたはずだ。

ええっと……と言ったあと、拓実は言葉に詰まる。

「葉月……君、いくつになったたっけ」
十四、と兄が答えた。
「今年で中二。な、葉月」

葉月が小さくうなずく。中二だとしたら、ずいぶん華奢《きやしや》な体つきの子どもだ。

「とりあえず、二人とも家にあがって」

「いや、その前にちょっと相談がね……葉月、お前は車で待っててくれるか」

兄が車のキーを渡すと、素直に子どもは庭を出ていった。

「事情がまったくわからないんだけど、何があったの？」

「ちょっとわけありで」

葉月の姿が見えなくなってから、兄が小声で言った。

「子どもには聞かせたくない話なんだ」

それで……と、拓実は台所の食卓でため息をつく。向かいの席では兄がうなだれている。

「あの子、葉月君をうちで預かってくれと」

頼む、と兄が手を合わせた。

「留美《るみ》の気持ちがおさまるまででいいから」

「義姉さんの気持ちはいつおさまるの？」

わからない、と力無く兄が首を横に振る。

「とにかく今は寮がある学校について調べているところだ」

葉月の母である、兄の前妻は二人の子を持つ男と十年前に再婚し、厚木で暮らしている。再婚相手との間に新たな子どもも一人生まれ、葉月は自分のほかに三人の兄弟と過ごしていたらしい。

ところが最近、再婚相手の連れ子と葉月が問題をおこし、これ以上一緒には暮らせないと、父親である兄のところに連れてこられたのだという。

「親の都合で居場所をあちこち変えられたら、子どももたまんないね」

「いいな、独《ひと》り者にはこういう気苦労がなくて」

そんな言い方はないだろう。そう思うが、子どもの頃から自分は、優秀な兄の前に出ると強くものが言えない。

言いたい言葉の半分を呑みこみ、残りの半分を拓実は口に出す。

「十四歳って難しい年頃なんだろう？　無理だよ、預かれない。兄さん、中二病って言葉知らないの？」

知ってるよ、と兄がうなるように言い、天井を見上げた。

「だから悩んでるんじゃないか。娘二人のところに突然年頃の男が来て、留美は困ってるし」

「でも、その……前妻さん？　その人も不思議だね。だって普通は母親って息子を大事にするもんだろう。連れ子に気を遣って、実の子を兄さんの所に送ってくるなんて」

兄が両手で顔を隠すと、ため息をついた。

「連れ子の女の子、葉月より三つ年上なんだけど、その子に乱暴しようとしたって話なんだよね」

「乱暴って、殴る蹴るって意味じゃないよね」

両手で顔を隠したまま、兄がうなずく。

「いや、もう……本当に兄さん、勘弁してくれる？　そんな子どもを預かるなんて無理。こっちは子どもどころか、結婚もまだなんだから、というよりもうあきらめてるから。一人暮らしがいいんだよ。今さら誰かと暮らしたくない」

「少しの間でいい」

すがるように兄が言い、顔から手を離すと頭を下げた。

「寮がある中学が見つかるまででいい、置いてくれないか。俺も頑張ったけど、留美がどうしてもいやだって言う。娘たちも葉月をこわがってるし。なにより……」

兄が再びうなだれた。

「上の子が葉月と自分の学年が同じなのを知って、パパは二股かけてたんだって、冷たい目で見てくる。二股かける……そんな言葉、娘に言われるのはきつい、死にたくなる」

「娘のほうをしばらく奥さんの実家に預けるって選択肢は？」

ない、と兄がきっぱり言う。学校があるから、だそうだ。

葉月という名のあの子にも学校があるだろう。そう言いかけて、拓実は黙る。兄の娘たちは都内でも難関の私立中学に通っている。

「もし、預からないって言ったら？」

「施設に預かってもらう」

顔を伏せたまま、兄が言う。

「それだって今日、明日には入れない。だから頼む。人助けすると思って」

「困るよ。連れてきたら断りきれないだろうって、いきなり来るところがそもそもひどいし」

「こんなに頼んでも駄目なのか？」

下手に出ていた兄が顔を上げ、冷ややかな目をした。

「お前にはひとつ貸しがあると俺は思ってるけど？　聞いたよ。このあたりに工場が誘致されるんだって？　うちの敷地の一部も入るかもしれないって話じゃないか。そうしたらずいぶんコレが」

兄が親指と人差し指で円をつくり、軽く振った。

「転がりこむだろう？　補償金とかいろいろ。家の建て替えだって楽勝だ。ラッキーだな」

「そんなの噂だって。何も決まってないよ」

兄が軽く鼻を鳴らし、足を組んだ。

「こんなことだったら家を売って現金で二分割すればよかったな。お前が住むところを無くしちゃ可哀想だから、遺産放棄してやったのに」

この家を売ったところで、買い手はついたのだろうか。

しかし兄が遺産放棄したことで、住まいの心配がなくなって助かったのは事実だ。

黙っていると、兄が苛立たしげに聞いた。

「どうしても駄目か。こんなに頼んでも駄目なのか」

兄が立ち上がり、忌々《いまいま》しげに舌打ちをした。

帰れ、と叫びたくなる衝動を拓実は押し殺す。

ここで怒鳴ったら、兄はあの子に当たり散らす。祖母が長男を大事にしすぎたせいで、兄は昔から人を人とは思わず、傲慢なところがある。

グラスの冷茶を飲むと、心が鎮《しず》まってきた。

「わかった」

台所を出ようとしていた兄が振り返る。

「少しの間だけだよ」

「わかってくれたか」

兄がスマホを出し、車から降りてくるようにと葉月に言っている。

玄関に行くと、リュックを背負った葉月が立っていた。伏せた目のまつげが長い。一つひとつの顔のつくりがきれいなのは母親似だろうか。

必要なものはあとで送ると言い、兄がそそくさと靴を履《は》いた。

「葉月、拓実おじさんの言うこと、よく聞いてな。車、返さなきゃいけないから、パパはもう行くよ」

よろしく、と言い捨て、兄は外に出ていく。

見送る気持ちになれず、葉月に家に上がるように言うと、腹が鳴る音が聞こえた。

「もしかして腹減ってる?」

うつむいたまま、軽く葉月がうなずく。

葉月を食卓に座らせ、塩むすびの残りと、冷たい緑茶をグラスに入れて出す。

「とりあえず、これ腹に入れてて」

おとなしく食べ始めた葉月が、不審そうにおにぎりの中身を見た。

「ごめん、そのおにぎり、具はないんだ」

わずかに肩を落とすと、少年は黙々とおにぎりを食べ続けた。

＊　＊　＊

母と暮らした厚木の家も、東京の父の家もマンションだった。一軒家、それも古い家で暮らすのは初めてで、一週間たってもまだ慣れない。

裸電球の下、伊藤《いとう》葉月はこわごわ暗い廊下を歩く。

叔父の拓実が暮らすこの家は、父が生まれた頃からすでに建っていた……ということは四捨五入すれば五十年以上。

小さなため息をもらし、葉月は廊下の壁や天井を眺める。

元は白だったと思われる壁は茶色で、天井はすすけている。廊下は雨漏りするところが一ヶ所あり、そこにはいつもバケツが置かれている。

ただ古い家であることをのぞけば、ここでの生活は比較的気が楽だ。

同居にあたって拓実は洗濯機の使い方や掃除機が置いてある場所を教え、自分の部屋の掃除と洗濯は自分でするようにと言った。

洗濯は庭に物干し場があるが、拓実はここ数年、全自動の洗濯機に乾燥までまかせており、外に干したことがないそうだ。洗濯物を日に当てたいというこだわりが特になければ、葉月にもそれをすすめると淡々と言った。

がっちりとした体型で、話し方に迫力がある父とは違い、叔父の拓実は細身で穏やかだ。いつまでも大人になれない人だと父は言っていたが、その暮らしは規則正しい。朝は毎日七時半に家を出て、昼間は薬用酒や健康ドリンクを作っている工場で働き、五時半になると帰ってくる。それから食事を作り、六時半には二人で食卓につく。八時には風呂に入り、あとは自分の部屋に入ったきりだ。部屋からはテレビやゲームなどの物音は一切せず、いつも静かだ。

その叔父が出した条件は二つ。夕方に米を研ぎ、五時四十五分に炊きあがるように炊飯器に仕掛けておくことと、神棚と仏壇に毎朝、お供えを上げ、夕方には下げることだった。

ところが今日は仏壇のお供えをまだ下げていない。風呂に入っているときに、それに気が付いた。

納戸の前で廊下を曲がり、葉月はさらに進む。

木造のこの家には二階がない。しかし拓実の言葉を借りれば無駄に広くて大きい。台所や風呂、トイレなどは現代的にリフォームされているが、使われていない部屋は古びたままで放置されており、お化け屋敷のようだ。

仏間のふすまを開け、葉月は明かりを付けた。

仏壇の上には先祖の遺影がたくさんあり、ほとんどが年寄りだ。ところが、そのなかに二枚だけ場違いに若い男女の写真がある。一枚はスーツを着た男の人、もう一枚は水玉模様のドレスにポニーテールの女子だ。二枚とも茶色がかった古い写真で、曰《いわ》くありげで妙に怖い。

供え物をさげて、台所で器を洗い、葉月は割り当てられた部屋に入る。この家で一番明るいからと、拓実は台所をはさんで南側にある八畳間を使うように言った。入る前に二人で掃除をしたが、長年使われていなかった部屋は畳が色褪せ、すりきれている。窓にはめこまれた障子の紙は茶色に変色して、ところどころ破れていた。その破れた紙が、風もないのに時折揺れるのがいやだ。

畳の古さを気にして、二日目に拓実が薄緑色のラグを仕事帰りに買ってきた。しかしそれを部屋の中央に敷くと、いっそう畳の傷みが目立ち、廃屋で一人、サバイバル生活をしている気分になる。

ラグの上に布団を敷き、葉月は横たわる。

目を閉じると、ここ数日考えていたことが、再び心に浮かんだ。

父は、叔父にどこまで話したのだろうか？

小さく身を丸め、葉月はこれまでのことを考える。

四歳のときから一緒に暮らしている継父の連れ子は二人とも体格が良く、気が強い。五歳上の兄の健人《けんと》は現在、専門学校生、三歳上の姉の美紀《みき》は高校生だ。この十年間、二人の機嫌を損ねないようにずっと過ごしてきた。

兄弟はほかに父違いの弟、瑠衣《るい》がおり、母はその子にかかりきりだ。でもその距離感はかえって楽だった。

家でも学校でもいじめられぬよう、距離感を大事にして、なるべく目立たぬように気配を消している。それはうまくいっていて、兄や姉は母の連れ子の自分には何の興味もないはずだった。

ところが一ヶ月前、寝苦しくて目を開けると、姉の美紀がベッドにいて、上からのしかかってきた。

暗がりのなかで美紀が「内緒にしてくれたら、いいことしてあげる」と言ったが、胸元を舐める舌の気持ち悪さに、思い切り横になぎ払った。

ベッドから投げ落とされた美紀が悲鳴を上げ、兄の健人が部屋に押し入ってきた。あかりがつくと、美紀はほとんど服を着ておらず、こちらの衣類もはだけたままだ。強引に部屋に連れ込まれたのだと美紀が泣いたので、逆上した健人に馬乗りの状態で殴られた。継父は夜勤で家におらず、取り乱した母は「信じられない」と繰り返すばかりだ。

美紀姉ちゃんの言葉は嘘だと言っても、誰も信じてくれない。男が女に襲われるはずがないという——。

突然、部屋の天井が鳴った。続いて、部屋全体がきしんだ。

その音に不安になり、葉月は目を開ける。

「ラップ……音？」

心霊現象のひとつにこうした音があるという話をネットで読んだことがある。

窓がピシッと鳴った。続いて何かがひび割れるような音がする。部屋を包むように、絶え間なく音は続く。

立ち上がろうとしたが、足に力が入らない。膝立ちのまま、這うようにしてふすまに向かうと、畳のささくれが膝に刺さった。

廊下に出て、あわてて立ち上がり、拓実の部屋に走る。

ふすまを叩いて、声を上げた。

「あの、すみません、あの、あの」

どうした？　と穏やかな声がした。その声のあたたかさに力が抜ける。

静かにふすまが開き、明るい光が廊下にこぼれた。

「どうした？　腹でも減った？」

あわてて葉月は首を横に振る。

「ラップ……ラップ音、音が」

音？　と聞き返したあと「ああ、あれ」と拓実が気楽そうに言う。

「心霊現象のあれか。オカルト好き？　まさに中二だね」

馬鹿にされた気もするが、拓実の言葉を聞いていると、怖れが薄れてきた。

「どうぞ入って。あばらやはたしかに怖いだろうな」

拓実の部屋に入ると、ここも広い八畳間だった。部屋の畳はきれいで壁は白く、窓には濃い青色のカーテンがかかっている。部屋の隅には大きな座卓があり、彫刻刀のようなものが数本と、写真立てや本などが置いてあった。

葉月に座布団をすすめ、拓実は壁にもたれて座った。

「あの部屋、畳と障子を新しくすれば、少しは雰囲気変わるだろうか」

「部屋、変えて……」

「でもあの部屋が一番居心地いいよ。おばあちゃんの部屋だったんだから」

「まさか、あそこで亡くなった、とか？」

「そうだね……僕の母も曾祖母もあの部屋で。知ってるだけで三人」

人数の多さに思わず葉月は口に手を当てる。

「マジで変えて……変えてください」

「おばあちゃんと言っても僕の祖母だから、葉月君には曾祖母か。キリさんって言うんだけど」

拓実が座卓に置かれた写真立ての一群から、銀色のフォトフレームを手に取った。

「この人がキリさん」

「見せなくていいから！」

「大きな声、初めて聞いたよ」

拓実にフォトフレームを押し返した拍子に、曾祖母の写真が目に入った。父そっくりの目鼻立ちの人だ。

「あっ、パパ……」

「似てるだろ。兄さんは父方に似てるから。それからこっちは僕の母親、葉月君のおばあちゃん」

拓実が金色のフォトフレームをよこした。

水玉模様のドレスを着た、ポニーテールの女の子が笑っている。仏間にあった写真だ。

「これ……おばあちゃん？」

そうなんだよ、と拓実が苦笑いをした。

「遺影は若い頃の写真にしてくれっていうから、そうしたけど……。葬儀のときに兄さんと揉めに揉めた。踊りが好きな人でね。ロカビリー？　ロックンロール？　よくわからないけど、ツイスト踊るのが得意だったらしいよ」

祖母のフォトフレームに少し目を落としたあと、拓実は座卓に戻した。

「おばあちゃんって聞くと、僕はキリさんのほうを思うから、僕の母親のことは風《ふう》子《こ》ちゃんとでも呼んでやって。そっちのほうが喜びそう」

「フーコちゃんは変わり者？」

変わってたね、と笑うと、拓実が葉月の部屋の方角を見た。

「そしてキリさんはこわいババアだった。でも二人とも葉月君をこわがらせるようなことはしないよ。むしろそんな奴らがいたら化けて出てくる、安心して」

安心してと言われても、化けて出てくると聞き、心は波立つ。フーコ以上にこの人も変わっている。

「もっと安心することを言うとね。部屋が鳴るのはラップ音じゃないよ。古いから湿度の関係で木材がきしむだけ。そんなに怖いなら、ここで寝たらいいよ。僕は奥で寝ているから」

拓実がふすまを指差す。この部屋の奥にもう一部屋あるようだ。

子どもじみているように思えて、葉月は首を横に振る。

「いい……大丈夫です」

「あの部屋、障子を今度張り替えよう。ところでメシは足りてる？　育ち盛りに物足りなくない？　夜食食う？」

いいです、と断ろうとしたとき、腹が鳴った。

拓実と台所に行くと、流しの隅に琺瑯《ほうろう》の器が置いてあった。なかにはふっくらとした米が水につけてある。

麴《こうじ》が発酵する匂いがした。

のぞきこむと、「どうした？」と声がして、拓実が隣に並んだ。

「これは塩麴？」

「よく知ってるね」

「お母さんが作ってたから」

「料理が好きな人なんだね」

やさしく言われて、なぜか涙がこみあげた。気付かれたくなくて横を向く。

母からは一ヶ月以上何の連絡もない。血のつながりがないとはいえ、お姉ちゃんをそういう目で見るなんて、と母は言い、そういう節操の無さがあの人そっくりだと泣いた。

こらえた涙がこぼれそうになり、葉月は拓実のそばから離れる。

「あの……お茶飲んでいいですか」

「いいよ。そんなこと聞かなくても。好きに飲んで」

冷蔵庫からガラスのポットに入った麦茶を出し、葉月は一口飲む。思わずむせた。

麦茶と思ったが塩辛い。

あっ、それ、と拓実があわてている。

「ごめん、言ってなかった。それ素麵のつゆ」

拓実が冷蔵庫を開け、薄緑の飲みものが入ったガラスポットを出した。

「こっちがお茶。うちの冷蔵庫、同じ形のポットにめんつゆとお茶と昆布出汁《だし》が入ってるときがあるから色で見分けて。それから、冷蔵庫のここの棚」

拓実が指差した箇所には、ガラスの保存容器が三つ重ねてあった。

「ここにあるのは、日持ちがする野菜のおかず。薄味が付いているから、自由に食べてもいいけど、夜食にするなら、これをちょっとアレンジするといいよ」

ガラスの保存容器のふたをあけると、ブロッコリーとにんじんの千切りが、オイルのようなものに漬かっていた。

「これがブロッコリーのオリーブオイル漬け。それからこれが、キリさん直伝、春キャベツのロシア風ピクルス」

二つ目の保存容器を開けると、薄い黄色をしたキャベツが水のなかに漬かっていた。

「ピクルスって酸っぱいやつ？」

「保存用に酢が入っているけど、どちらかというと塩味。そこがロシア風らしいよ。キリさんはハルピンで育った人だから。少しつまんでみる？」

曾祖母が作っていた料理に興味を惹かれ、葉月はロシア風ピクルスを食べる。やわらかなキャベツの食感が心地良い。さっぱりとした味わいは浅漬けのキャベツのようだ。

「ハルピンってどこですか？　島？」

中国、と答えながら、拓実が保存容器の蓋《ふた》を閉めた。

「ロシアに近い街だよ。当時は満州って言われてた。だからキリさんの料理はハイカラ。イチゴジャムを煮ても、風子ちゃんは潰すんだけど、キリさんはイチゴがごろごろした果物感を残してた。どっちが好き？」

「どっちも食べたことないから……」

そりゃそうだね、と拓実が笑う。その笑顔に誘われ、自然と言葉が出た。

「食べてみたい気がする。果物感？　があるほうを」

「イメージとしては果物のシロップ漬け？　コンポートに近いかな。キリさんはジャムって言わずにバレニエって呼んでた。夏になると、イチゴのバレニエを氷水に溶かして、イチゴ水を作ってくれたんだ」

「イチゴ水……おいしそう」

イチゴ、好き？　と拓実がたずねる。うなずくと、「ちょうどいい」と拓実がポケットからスマホを出した。

「イチゴのビニールハウスを持ってる人がいるんだけど、そろそろメロンの作付けで、イチゴを手仕舞いするんだ。そのときにハウスを開放して、好きなだけ取らせてくれる日があって。今度行く？」

「行く」

これまであまり会話がなかったのに、食べものの話になったとたん、拓実はよく話す。そしてその話に思わずのせられてしまった。

拓実がスマホに文字を打ち込んでいる。

「連絡しとく。で、二人でジャム煮るか。女の子みたいだね。でも、このあたりには店が少ないから、うまいものは取り寄せるか、自分で作るしかないんだよ」

「サバイバルだ……」

「そう、たしかに」

「バレニエを煮る……」

「そう言うと一気に男の料理感増すね。危険なものを煮るみたいだ」

「ジャムだけど」

「そうなんだよ、しかもイチゴの」

笑ったら、耳のうしろのあたりが痛んだ。その箇所を手で押さえたとき、久しぶりに自分が笑ったことに気が付いた。

「男といえば……そうだ、今週末、少し手伝ってくれるかな」

「何を、ですか？」

拓実がフライパンを取りだし、腕まくりをした。

「ちょっと力仕事。そのかわり夜食に今からうまいもの作るよ」

土曜日の朝、拓実のミニバンに乗って連れて行かれたのは山の奥だった。

車から出ると、少し肌寒い。しかし大きなカゴを背負って、拓実に続いて山道を進むうちに身体が温まってきた。

道は竹林に入っていった。

前を行く拓実が竹を見上げた。つられて上を見る。緑の葉が重なる向こうに、澄んだ青空が広がっていた。

足元に目をやると、枯れた竹の葉が降り積もり、あたりは淡い茶色に染まっている。ふかふかした柔らかな地面を踏みしめながら、しばらく竹林を歩くと、拓実がカゴを下ろして深呼吸をした。

その隣で目を閉じ、竹林の空気を吸ってみる。さわさわと葉が揺れる音が気持ちいい。

ここは、親戚のおばさんが持っている竹林だそうだ。

「静子さんって言うんだけど、大阪に住む娘にタケノコを送ってやりたいんだって。腰が痛いから、僕らに掘ってくれと頼んできた」

「何本掘ればいいんですか？」

「好きなだけ。掘り方としては、とりあえず……」

地面から頭を出しているタケノコを探すようにと言いながら、拓実が山の斜面を歩いていく。足を止めたので、よく見ると、目の前に十センチほど頭を出したタケノコがあった。

「見つけたら掘るというより、仕留めるって感じかな」

タケノコの左側の地面に、拓実が細身のクワを入れる。タケノコの先端にある薄緑の芽の生え方を見て、掘る場所を決めるのだという。

「ある程度掘り進めたら、最後は地下茎から一撃必殺で切り離す」

しだいに土中から姿を現したタケノコの下に拓実がクワを入れ、二、三度ゆすった。

土の匂いのなかに、青っぽい植物の匂いが入りまじる。

「タケノコの根っこに刺したクワを、テコの原理で持ち上げて……」

拓実がクワの柄《え》の先端を押すと、持ち上がった土と一緒に、タケノコがぼこっと地上に現れた。

やってみて、と言われ、拓実に見てもらいながら、葉月はタケノコを掘る。二本掘ったあとで肩を叩かれた。

「いいね、ここはまかせた。奥に行ってるから、何かあったら電話して」

スマホって便利だね、とつぶやきながら、拓実が竹林の奥へ歩いていく。

この場をまかされたことが嬉しく、葉月は夢中になってタケノコを掘る。十本ほど掘って一息ついたとき、背後から粉っぽい、濃厚な甘い香りがした。

「おお、掘ったね。葉月君、上手だよ」

振り返ると、大きな百合の束を抱えた拓実がいる。

白い花弁の中央に薄い黄色の筋が走り、そのまわりにはオレンジ色の斑点がある華やかな百合だ。花は一本の茎に五つほど付いており、三本を抱えた拓実は肩から胸にかけ、百合で埋まっている。

むせかえるような花の香りが立ちのぼる。

くさい、と言ったら、「くさいかな?」と拓実が百合に顔を寄せた。

「まあいいか。奥に沢があるんだよ、そこで昼飯食べよう」

「サワって何?」

「来ればわかるよ」

大輪の百合を抱え、拓実がどんどん歩いていく。背中のカゴには一メートルほどに切られた太い青竹が入っていた。

　花の香りを追い、葉月も歩き出す。

　竹の葉のざわめきが遠ざかると、せせらぎの音が聞こえてきた。


　サワとは、拓実の背より少し高いほどの小さな滝とその周辺のことだった。

　滝壺の浅瀬に百合の花を挿すと、拓実は木陰に置いてある荷物からカセットコンロを出し、鍋をかけた。それからカゴに入れていた青竹を輪切りにして、切り口に紙やすりをかける。できあがったものをさっと水で洗うと、沢の水を汲んだ。

　はい、と青竹のコップを渡され、葉月は汲まれた水を見る。

　口に含むと、緑の香りが広がった。

「甘い……水が甘いって変？」

　変じゃないよ、と言いながら、もう一つのコップに拓実がやすりをかける。

「出会ったことのないうまみって、甘く感じるものだから」

「ここの水、おいしい。家の水道の水も、なんかおいしい」

「このあたりの水道は水源が地下水。鈴鹿の山の伏流水だからね。山から出る水はどこもおいしいよ。雨降るだろ、森と土にしみこむだろ、それで水が漉《こ》されて、岩間から出てきたのが集まって沢になる。その過程で水が磨かれるんだ」

カセットコンロにかけた鍋が沸騰すると、拓実が素麺を入れた。吹きこぼれそうになるのを、コップの水を入れて静めると、ザルに麺を上げる。

「タッチ交代。麺を水にさらしてきて」

滝壺にザルを運び、葉月は素麺を冷たい水にさらす。細くて真っ白な麺が水のなかでゆらめき、そのゆらぎに光がきらきらと反射する。

清水にさらした麺を持っていくと、青竹のコップに拓実がポットから何かを注いでいた。

めんつゆだった。つゆの香りに、清々しい竹の香りがかすかにのっている。

「そのためのコップ……」

「サバイバルだからね。さあ、食おう」

素麺を口に運ぶと、冷たくてこしがあった。タケノコ掘りで疲れた身体に、その冷たさはとても心地良く、夢中になって箸を動かした。

傍《かたわ》らを見ると、拓実がコンロに網《あみ》をかけている。

「何作るんですか」

「掘った人だけの、ごほうびだよ」

拓実が手のひらほどの小さなタケノコを、皮のまま網に載せている。

「そのタケノコ、小さいね」

「まだ土の外に出ていないタケノコなんだ。タケノコはアク抜きをする必要があるけど、このサイズは掘ったばかりなら、すぐに食べられる」

「どうやって見つけたの？」

「足の裏にモコモコした感じがあるんだよね。毎回見つけられるわけじゃないけど、せっかくだから食わせてやりたくて。ラッキーだった」

拓実が大きなナイフを出し、焼き上がったタケノコを皮ごと縦に二つに割ると、塩を振る。

何重もの竹皮に包まれたなかに、新芽のように小さなタケノコが潜《ひそ》んでいた。箸でその部分を大事に取って食べる。やわらかくてほのかに甘い。とうもろこしの味に少し似ている。

「塩もいいけど、醬油もいいんだよ」

続いて焼き上がった皮付きタケノコを、拓実が二つに割る。そこに醬油を垂らすと、香ばしい匂いが立ちのぼった。

「仕上げはこれだね」

拓実が手のひらにのせた小さな木の芽を叩いて、タケノコに載せた。

渡された紙皿から、ふわりと嗅《か》ぎ慣れない匂いがした。

「くさっ……」

「若者にかかると、百合も山椒もくさいんだね」

「その言い方、じじくさい」

「じじいだからさ。この間、四十になったし」

四十歳と言われても、年齢の感覚がよくわからない。ただ、父とくらべると、この人はずいぶん若く見える。

「そんなに……じじいに見えない、けど」

「ありがとね、気を遣ってくれて」

醬油を塗ったタケノコを食べると、香ばしくて、うまみが濃い。塩だと甘み、醬油だとうまみ。同じおいしさでも、合わせるもので、引き出される味が違う。

隣でタケノコを食べている拓実を見ると、「何？」と聞かれた。

「いや、あの……塩と醬油、こんなに違うのかなって思って」

「料理、好き？」

「好きか嫌いかわかんないけど……あっ、でも、もし土鍋を使ってよかったら、ご飯の炊き方は知りたい、です」

拓実がつくる朝飯はいつも土鍋で炊かれている。同じ米、同じ水なのに、夕食に自分が炊飯器で炊く米よりも明らかにおいしい。

「簡単だよ。帰ったら教える。土鍋以外の鍋で炊いてもうまいよ。直火っていうのが、きっといいんだな。一回覚えとくと、世界のどこに行っても米と鍋さえあれば、炊きたてのメシにありつける」

「世界のどこかで炊いたの？」

あちこちで、と拓実が、コンロを片付け始めた。

「日本中でもあちこち。おいしいメシが炊けると、自分の居場所を作りやすいよ。……昔、漆や木工家具や版画家の工房にいたんだけど、どこの工房でもまかないを作っているうちに、気に入られて弟子入りできた」

自分の手の延長のように、さまざまな刃物を巧みに扱っていた理由がわかり、葉月は青竹のコップをあらためて眺める。

「職人、だったんだ」

「いろいろかじったけど、それだけではメシは食えなかったな。そうしているうちにキリさんが徘徊を始めて。それを見ていた風子ちゃんも倒れたから、ここに戻ってきたよ」

「それで……二人はどうなったの？」

「あの家で看取った。途中で施設に移したけど、最期は二人ともあの家に連れ帰った。ずっと帰りたがってたから」

さて、と拓実が立ち上がり、額の汗を拭った。

「まだ大事業が残ってる。タケノコのアク抜き。大鍋でグラグラ煮るから手伝って」

「はい」と答えた声がわずかに弾み、そんな自分に葉月は戸惑う。

沢から涼やかな風が吹いてきた。


土鍋でのご飯の炊き方は思った以上に簡単だった。米を水に漬けておく時間と、火に掛ける時間さえきっちりはかればうまくいく。

試しに夕食のご飯をさまざまな鍋で炊いてみた。土鍋と同じぐらいにおいしかったのは、琺瑯引きの鍋だ。

その話を拓実にすると、鍋が蓄《たくわ》える熱量が関係しているのかもしれないと言った。たしかに薄手の鍋より、厚手の鍋で炊いたほうがおいしく感じられる。

冷凍したタケノコで炊き込み飯を作った夜、風呂上がりに葉月は布団の上に寝そべる。

破れた障子を張り替えると、この部屋は驚くほど明るくなった。

この前の日曜日、拓実と庭でその作業をしていると、タケノコ掘りを頼んだ静子という親戚が来て、ビニール袋いっぱいのシイタケを置いていった。ついでだからといって、障子を一枚張ってくれたが、静子が張ったものが一番きれいだ。

台所から、バターの香ばしい匂いが漂ってきた。

おおい、と拓実の声がする。

「夜食、食うかい？」

「食います」

台所に行くと、拓実がフライパンの中身を皿に移していた。

「シイタケのバター醬油焼きを作った。あとはタケノコご飯の焼きおにぎり。悪いけど、ちょっとこれ見てて」

拓実に頼まれ、焼き網の前に立って、葉月は焼きおにぎりの火加減を見る。焼き上がったので皿に移すと、拓実が戻ってきた。

手のひらに小さな葉を持っている。その葉を叩いて香りを出すと、焼きおにぎりに拓実があしらった。

「それ、山椒ですか？　僕のおにぎりにも」

「大丈夫？　くさいって言ってたけど」

「慣れた。最近、タケノコには、ないと物足りない」

だよね、と拓実が山椒の香りを嗅いだ。

「タケノコと山椒って、最強の組み合わせだ」

「この間のうなぎもおいしかったです。あれにも山椒、載ってたよね？」

そうだね、と拓実がうなずき、ほうっと息を吐いた。

「うなぎと山椒もいいよ。これも最強だ」

日曜日に障子を張り終えると、拓実が元気を付けようと言い、うなぎ屋に連れていってくれた。その店のうなぎは清流でしばらく飼って泥を抜くそうだ。

拓実のすすめで鰻重を頼んだものの、今までうなぎをあまり食べたことがなく、専門店に来たのも初めてだった。

三十分ほどして香ばしい匂いとともに出てきた鰻重はふっくらとした身に、甘辛いたれがたっぷりと絡み、照り輝いていた。夢中になってうなぎを食べ、時折香る山椒にそそられ、タレのしみたご飯をかきこむ。思い出すだけで、腹が減ってきた。

「あんなにおいしいもの初めて食べた。タレのしみたごはんも。あと、大根の漬け物も」

「甘辛いタレのあとに、大根のおしんこをパリパリ食べるとさわやかだよね。そのあとお茶ですっきりうなぎの脂を流すっていうのもいい」

しかしお茶なら、この家の冷たいお茶が一番うまいと葉月は思う。

毎晩、拓実は大きなガラスの冷茶ポットにお茶の葉を入れ、水を注いで冷蔵庫に入れておく。

ただ、それだけなのに、朝になると美しい緑のお茶ができている。透明なグラスに入れて飲むとさわやかで、お茶の葉の甘いしずくを集めて飲んでいるみたいだ。

拓実と自分のお茶をグラスに注ぎ、二人で食卓について夜食を食べる。

シイタケのバター醬油焼きから、バターと焦がし醬油の香りがふわりと立ちのぼる。

いい匂い、とつぶやくと、「いいね」と拓実もうなずく。

「うまいものって、香りがいいな。この間、知り合いが燻製《くんせい》の話をしてた。あれもいいものらしい」

「燻製って、どういう感じのもの？」

「ベーコンとかソーセージとか。手作りベーコンってうまそうだ。ベーコンエッグ好き？」

「あまり、考えたことない」

「カリッカリに焼いたベーコンで、玉子の黄身すくって食べるの好きだな。でも手作りだったら、分厚く切って焼いてもいいよ。それをご飯にのせて、上に目玉焼きのせて、ベーコンの脂吸わせた醬油じゅわっとかけて食いたい。肉厚のベーコンエッグ丼」

思わず口に手を当てると、うなぎの話をしていた拓実と同じく、ほうっと息が出た。

「ふふ、ちょっと、キテるね」

拓実さんこそ。

そう言いたいが、照れくさくて葉月は黙る。叔父さんと呼ぶのは遠い感じがするが、拓実さんと呼ぶのはなれなれしい。

この人との距離は、どう取ればいいのかわからない。

スマホを手にして、葉月は「手作りベーコン」と検索する。作っている人が多いのか、たくさんの検索結果が出た。

「仲間がいっぱい……」

拓実にスマホを見せると、「本当だ」と身を乗り出した。

「豚バラ肉、ブロックで二キロ。結構あるな。でも二人で食ったらあっという間か」

拓実が手を伸ばして、スマホの画面をスクロールした。

「幸か不幸か、うちは隣と離れてるから、どれだけ盛大に燻《いぶ》しても文句言われる心配はないな」

ああ、でも、と拓実が嬉しそうに笑い、タケノコの焼きおにぎりをかじる。

「夏になったら、あの沢でやろうか。もうちょっと奥に行ってもいいな。とっておきの場所があるんだ。沢っていうより淵。緑の水をたたえた淵」

「なんで緑色？　にごってるの？」

「森の緑が映っているのと、下に苔が生えてるんだ。鏡みたいに静かな水面で。大きな岩があるんだけど、そこから淵にドボンと飛び降りると気持ちいい」

「水、冷たい？」

「ずっと入ってると、不思議なことに逆に身体がぽかぽかしてくるよ。七輪を持っていって、肉でも焼こう。ベーコン燻している間に、肉やらトウモロコシやら焼いて、淵で泳ぐ」

「いるけど、釣りなら海もいいね。そのときは燻製より、一塩ぱらっと振って庭に干してみようか」

「魚はいるのかな」

猫が来そう、と言ったら、猿もイノシシも来ると、拓実が笑った。

翌日、スマホで魚の干し方を検索した。一夜干しと言うそうだ。

干すための網を調べているとき、父から連絡が来た。

＊　＊　＊

五月の終わりに東京から兄が葉月を迎えに来た。そして私立中学の転入試験を受けるため、二人は東京へ戻っていった。

葉月はちょこんと頭を下げると、来たときと同じく静かに去っていった。夏休みになったら遊びにおいでと言ったが、あの様子ではおそらく来ない。

六月中旬の雨の日曜日、拓実は軒先で豚のバラ肉を燻す。

雨音を聞きながら、文庫本を読んでいると、玄関の呼び鈴が鳴った。

はーい、と返事をすると、「庭かね」と女の声がした。

「静子おばさん？　そうだよ、庭にいるよ」

傘を差した静子が庭に回ってきた。

「あれ、タクちゃん、なんだか煙くさい」

「燻製しているからさ」

「ねえねえ、ハヅっちゃんはもう来ないの？」

「来ないよ、ちゃんと中学の試験も受かったんだから」

葉月は中学の転入試験に無事に合格し、今は千葉で寮生活を送っている。

「なーんだ、寂しい。可愛い子だったのに。ちょっとタクちゃんの子どもの頃に似ててさ」

「何十年前の話だよ」

「そんな前の話じゃない……っていってもタクちゃん結構年いってるんだよね、本当は」

「なんだかほめてるようで、けなしてない？」

ないない、と静子が手を横に振った。

「でも、これでよかったのかもね。タクちゃん、年寄り二人抱えて婚期を逃したのに、このうえ子どもまで抱えちゃったら……」

「ばあちゃんもお母さんも、別に抱えたわけじゃないよ」

なぐさめるように、静子が軽く肩を叩いた。

「梅シロップ仕込んできたんだけど。タクちゃんだけなら、梅酒のほうがよかったか。飲み頃はまだ先だけど、玄関に置いてあるよ」

「あとでベーコン持ってく」

「燻してるのはバラ肉かい。ベーコンはいらない。燻製ならチーズがいいな」

「次にやってみるよ」

静子が帰った三十分後に、肉が燻し上がった。さっそく切って、少し焼いて食べてみる。

思った以上にうまくできたので、葉月に送ってやりたくなった。

葉月の寮の住所を聞くため、兄の克也に電話をすると、愚痴をこぼされた。葉月は寮生活に入ったが、依然として兄夫婦の仲は悪いらしい。理由は米の飯だそうだ。

東京に戻った葉月は数日間、東京の家にいたが、その間、兄の妻子は妻の実家にいた。

父と二人きりになった葉月は滞在中毎朝、珐瑯の鍋で飯を炊き、昆布と鰹節で出汁を引いた味噌汁を作ったそうだ。

その朝飯がたいそううまかったと、家に帰ってきた妻に語ると、彼女は不機嫌になったのだという。

「兄さんの奥さんって、面倒臭い人だな」

「結婚生活ってのは面倒臭いもんなんだよ。いいな、お前は気楽で」

「うらやましい？」

まさか、と電話の向こうで兄が笑った。

「別にうらやましくない」

「なら、黙ってろ、馬鹿」

子どものケンカのように電話を切ったあと、笑った。

笑ったあとで、目尻ににじんだものを拭う。

小柄な背を丸め、葉月が丁寧に米を研いでいる姿が心に浮かぶ。

あの子はきっと、父親の心のなかに自分の居場所を作ろうとしたのだ。

梅雨の晴れ間が訪れた金曜の朝、休暇を取って、拓実は東京方面へ車を走らせる。

東名高速を走り続けて七時間。三時過ぎに、兄から聞いた葉月の学校の前に着き、スマホに連絡をした。

リュックを片掛けした葉月が校門から小走りでやってくる。

車の窓を開け、その姿に手を振った。

「拓実さん！」

葉月が駆け寄ってきた。髪が短くなって、こざっぱりしている。

「元気？ ベーコンできたよ。届けにきた」

真空パックにしたベーコンを渡すと、葉月が小さく歓声を上げた。

「すごい、店で売ってるみたい」

「なかなかうまいよ。まだ改良の余地はあるけど。で、うち来る？」

「えっ、いつ？」

答える代わりに、拓実は黙って助手席を指差す。

えっ？ と葉月が再び聞き返した。

「これから？」

「そう、ずっと。あばらやに住むのいやかい？」

一瞬、驚いた顔をしたあと、せわしなく瞬《まばた》きをしながら葉月が横を向く。

やじゃない、と小さな声がした。

「いやじゃない……全然」

「じゃあ行こう。大事なものだけ持って」

でも、とためらいがちに葉月が口を開く。

「……いいんですか」

「あそこは僕らのおばあちゃんちだよ、遠慮はいらない。お茶飲む？」

持ってる、と葉月がリュックからステンレスボトルを出した。

「ちゃんと水出しで……」

互いに持参のステンレスボトルを傾けると、自然と顔がゆるんだ。

食の好みが合う相手とは、きっとうまくいく。

七月になったら山へ行こう。梅雨明けとともに澄んだ水に飛び込み、緑の木陰で飯を食う。

「行こう、葉月」

助手席に座った葉月に呼びかけ、拓実は車のアクセルを踏む。

「夏も近いよ」

好好軒の犬

井上荒野

幼稚園へ通じる道はふたつある。

好好軒《はおはおけん》を通るいつもの道と、大学のグラウンドに沿った少し遠回りの道。今日はどうする？　と海里《かいり》に聞くと、好好軒のほうを通ると言った。昨日までは、グラウンドのほうと答えていた。そろそろ好奇心が恐怖よりも増してきたということか。しかしそうなると、私のほうがちょっと臆してしまう。

好好軒は小さなラーメン屋で、光一郎《こういちろう》がいない昼間などときどき出前を取ることもあったのだけれど、先週、火事を出して全焼してしまった。店の規模に対して妙に広い砂利敷きの駐車場の奥にあった店舗は、今は黒焦げの柱だけしか残っておらず、その間に転がっていたステンレスの鍋釜も、今朝は取り除かれていた。

駐車場の端には大きな檻《おり》があって、そこも延焼したらしくひどい有様になっている。私は檻をなるべく見ないようにするけれど、「わんちゃんたちは？」と海里が聞いた。

「逃げたんじゃないかしらね」

私は海里にというより、むしろ自分のためにそう答える。檻の中には二匹のダルメシアンが飼われていた。閉じ込められたまま焼け死んだなどと考えたくはない。実際には、店の人たちの安否についてさえ知らないのだけれど。

「ほら、扉が開いているでしょう。火事になったとき、きっと誰かが開けてやったのよ」

扉の網は半分溶けてめくれあがっていて、そのせいで開いたのかもしれない。でも海里が「うん」と頷《うなず》いてくれたのでほっとした。この話はやっぱりもうしたくない。お迎えのときは何か理由を見つけてグラウンドのほうを通って帰ろう、と私は決める。

幼稚園の門の前で海里の背中を見送り、何人かの顔見知りのお母さんたちと挨拶を交わす。忙しいのと、さほど社交的ではないせいで、友人と呼べるほどの人はいない。立ち話をしている人たちの横を通り過ぎるとき「まだ臭《にお》うわよね」という声が耳に届く。好好軒のことだろう。たしかに、あの辺りはまだきな臭《くさ》かった。それともほかの臭いのことを言っているのだろうか。私は足早にそこを離れる。

幼稚園に沿った路肩にはいつも、母親や園児たちをあてこんだ露店が出ているのだが、今朝は山のものを売る人が来ていた。私は蕗《ふき》の薹《とう》をひとカゴ買った。

家に帰ると光一郎はいなかった。今さっき自転車で散歩に出かけましたよとアヤちゃんが言った。

まあたらしい公団住宅の一室に、光一郎と娘の海里、お手伝いのアヤちゃんとともに私は住んでいる。去年、小金井《こがねい》の狭くて古い借家から引っ越してきた。分譲の部屋を買うことができたのは、光一郎が「戦後文学の旗手」などと呼ばれて、あちこちの雑誌から執筆依頼が来るようになったからだ。夫の職業は小説家である。

泥を落としておきましょうか。蕗の薹を見てアヤちゃんが言ったが、私は自分でやることにした。アヤちゃんにはちょっと粗雑なところがあって——ほかにも難点はいろいろあるのだが——、こういう作業はまかせたくない（きっと水でじゃぶじゃぶ洗って、葉をびしょびしょにしてしまうだろう）。それに、自分で蕗の薹にさわりたい、ということもある。今の季節しか食べられない小さな蕾。薄黄緑色のやわらかな葉。清冽な香り。

電話が鳴った。アヤちゃんはベランダで洗濯物を干していたので、私が出た。

「柏田《かしわだ》光一郎さんのお宅でしょうか」

女の声だった。せかせかした、怒ったような感じの声。

「柏田さんはご在宅ですか」

今ちょっと出ていますと私は答えて、どちらさまですかと聞いた。習慣的にメモに添えたボールペンを手にするが、その指の先がかすかに泥で汚れている。

「私は鐘堂《しょうどう》といいます。鐘堂るり江《え》の姉です。柏田さんは今日、帰ってくるんですか」

「近くまで出ただけですから、間もなく戻ると思いますけれど。どんなご用件でしょう。帰ったらお電話するように申しましょうか」

「いえ。結構です」

通話はプツリと切れてしまった。指の泥をメモの上に落としながらぼんやりしていると、ベランダから戻ってきたアヤちゃんが「また無言？」と聞いた。いいえ。私は短く答えて、電話から離れた。そのとき光一郎が帰ってきた。

「火事の跡見てきたよ。あんたに会うかなと思ってたけど、行き違いになったみたいだね」

自分でどこかで買ってきた白いなめし皮のジャンパーに、ウールのズボンという格好の光一郎は、大きな歯を見せて言う。小柄で、背丈は私よりほんの数センチ高いくらい、歯は乱杭歯《らんぐいば》だし目はギョロギョロしているし、決して美男とは言えないのに、私の夫には奇妙な色気がある。

「幼稚園のほうまで行った？　露店が出ていたのよ」

私はシンクの中の蕗の薹を光一郎に見せた。ああ、きれいだねえと、夫は無邪気に嘆息する。

「昼は蕗の薹の味噌汁が食いたいねえ」

「そうしましょうか」

書斎へ入ろうとする夫を、「あ、そういえば」と私は呼び止めた。

「今さっき電話があったわよ。何といったかしら……どなたかのお姉さんという方から。メモに名前が書いてあるわ」

本当はフルネームを覚えていたのだが、私はそう言った。なんとなくその名前を口にしたくなかったのだ。光一郎は何気ないそぶりで電話機の横のメモを見た。

「で、なんだって」

私のほうへ振り返った夫の顔からは、ことさらに表情が消されている。用件を言わずに相手が電話を切ってしまったことを伝えると、ああそう、と頷いて書斎へ入った。

昼食には蕗の薹の味噌汁と、鮪《まぐろ》の山かけ、出し巻き卵、玉ねぎと牛肉の切り落としをソースで炒《いた》めたものを作った。海里は今日はお弁当の日だから、夫とアヤちゃんと私の三人で食卓を囲む。夫が席に着いてから味噌汁をよそう。味噌汁は喉が焼けるほど熱くないとだめだ、というひとだ。

削りたての鰹節と昆布で引いた出汁に、私たちの郷里の麦味噌。煮立ったところに刻んだ蕗の薹をたっぷりと入れた味噌汁を、光一郎はまず啜《すす》る。ああ、うまい、と嘆息する。でもさっきほどは無邪気ではない。言おうと決めて言っているような感じだ。

「この辺でも、探せばどこかで採れるんでしょうけど」

「でも味が違うだろう、土が違うんだから」

「どこから来てるのかしらね、あの露店のひとは」

「ほかに何も買わなかったのか」

私と光一郎は、そんな話もする。でも、夫が上の空で、その心がテーブルの上ではない、どこかよそを向いていることは、私にはすっかりわかってしまう。

「ちょっと本屋まで行ってくる」

食事が終わると、光一郎はそう言った。またぁ? 洗いものをしていたアヤちゃんが、振り返りはせず、でもはっきりと大きな声で言う。アヤちゃんは私と同郷で、海里が生まれたとき、私の母が心配して、住み込みで手伝うのに適当なひとを探して寄こしてくれた。主従関係という考えかたはしないようにしているけれど、それにしても思ったことをなんでもすぐに口に出すような性質はあらためてほしいものだと、私は苦々しく思う。

機嫌によっては、光一郎はこういうときアヤちゃんを怒鳴ったり叱ったりすることもある。でも今日は彼女の声が聞こえなかったかのように何も言わずに出ていった。余計なことは言わないのよ、また怒られるわよ。私が、夫の代わりにアヤちゃんに言う。はーい。アヤちゃんは不満げに返事をし、それからしばらくの間、ガチャガチャと乱暴な音をたてて食器を洗う。そんなに家の外に出たい理由があるもんだろかー。歌うように呟く声はさっきよりもいくらか小さいが、私の耳にはちゃんと届く。

そこが終わったら、海里を迎えに行ってもらえるかしら。私はアヤちゃんに言った。今の呟きは聞こえなかった、という口調で。それから六畳間の文机《ふづくえ》の前に座った。海里の迎えをアヤちゃんに頼んだのは、光一郎が戻ってきたときに家にいたかったからだが、しなければならない仕事もある。

光一郎は小説を原稿用紙ではなく大学ノートに横書きする。原稿用紙の升目を埋めていく書きかたでは、「小説の頭」が動かないのだそうだ。結婚前は自分でノートから原稿用紙に清書していたようだが、今はその作業は私の役目だ。文机の上には、ノートが一冊置いてある。

私はノートを開く。彼が昨日書き上げた短編小説が綴られている。ちょっと、すごいやつを書いたよ。昨日、夕食の席でそう言っていた。大真面目な顔で、俺は小説がうまいなあ、とも。書き上げた高揚があったのだろうし、そんなふうに自分を鼓舞《こぶ》することが彼には——あるいは小説家には——必要なのだろう。実際のところ、夫はすごい小説を書く。私は心から、そう思っている。

小説家になる前、光一郎は革命家になろうとしていた。この世界を変えようとしていたのだ。私とはその頃に出会った。私もまた、この世界は変わるべきだと考えていた——地方都市の老舗《しにせ》の和菓子屋の娘として不自由なく育った私がこの世界の不平等について憤慨するのを、光一郎は最初、めずらしい小鳥の囀《さえず》りに耳をすますように聞いていた、と後に明かしたけれど。

小説は光一郎にとって、革命の手段だった。けれども運動の矛盾点を批判する小説を書いたことで、党から除名された。その後も彼は世界を変えようとしている。もう、どこにも属さず、ただ小説を書き続けることで。このひとはぞっとするほど孤独だと、ときどき私は感じる。たぶん彼の、この世界に対する怒りや失望が、あまりにも純粋なせいだ。人間が純粋な部分を持ち得ることの貴重さと悲しさを、私は光一郎という男から知ったように思う。だから私は、せめて自分だけは彼のそばにいようと思う。それが私が、光一郎の妻でいる理由のひとつだ。

玄関が開く音がする。光一郎ではなくて海里とアヤちゃんだった。私に駆け寄ってくる海里は泣きべそをかいている。どうしたのかと聞くと、好好軒の前を通るのが恐かったのだという。そうだ、アヤちゃんに言っておくのを忘れていた。グラウンドの道を通って帰ろうといったのに遠回りだからとアヤちゃんが聞き入れてくれなかったというようなことを、海里は私に訴える。私はアヤちゃんというひとにうんざりするが、言っておかなかった私も悪いし、あの焼け跡に私が感じている怖さはたぶん海里が感じているのとはべつのものだろうとも思う。海里のほうは、幼稚園で好好軒について、あらたな怖い話を何か聞いてきたらしい。

私は娘に甘いココアを飲ませながら、その話を聞く。そうして、光一郎はいったいいつまで本屋にいるのだろう、と考える。

夕食は天ぷらにした。

蕗の薹、れんこん、芝海老のかき揚げ。海里用に、醬油と酒で下味をつけた豚モモ肉も少し。のっぺい汁と菜の花のお浸しを作り、光一郎が食事のはじめに何杯か飲むウィスキーの肴として、鯨《くじら》の尾の身を切り、蕗味噌も拵《こしら》えた。

蕗味噌を、光一郎は無言でつまむ。ちょっと甘かったかしらと私が言うと、いや、うまいよと答えるけれど、自分が食べているものが何なのかそのときはじめて気がついたというふうだ。食事中ずっとそんな調子で、いつもよりもずっと口数が少ない。そうかと思えば、海《かい》ちゃん幼稚園はどうなんだ、面白いか？　と不意に娘に話しかけたりする。不機嫌、というのとも違う。だが今夜は、アヤちゃんも黙っているし、海里もいい子にしている。経験上、光一郎が些細《ささい》なことで「爆発」するのはこういうときだと家族はみんなわかっているからだ。

食事が終わって海里が寝に行き、アヤちゃんも部屋に下がってしまうと、私と夫はいつものように、低い音量でジャズのレコードをかけて、ブランデーを飲んだ。きっと何か話すだろう、何か打ち明けられるだろう。聞きたい気持ちと聞きたくない気持ち半々で私は待ったが、光一郎は話し出さなかった。それで、私が話した。今日、海里から聞いた好好軒の犬の話を。

「……好好軒のチャーシューは犬の肉。子供たちの間で、そういう噂があったんですって。檻で飼われている犬というのに、やっぱり強烈な印象を持つんでしょうね。一匹殺されてチャーシューになるたびに、どこからかもう一匹連れてくるんですって。そんな話を、得々としてみせる子がいるらしいのよ。

それで今度の火事で、犬たちは逃げたということになっているの。でも遠くへいったわけじゃなくて、この辺りをうろうろしているんですって。仲間を殺した人間たちに復讐するために……」

「そりゃまた、俺の小説みたいだな」

面白いと思ったときに光一郎が言ういつもの科白《せりふ》だが、やっぱり今日は、とってつけたように響く。

「あんた、書いてみたら」

その響きを修正しようとするように、光一郎は言う。

「今の話を冒頭にしてさ。子供の視点で——いや、母親の視点の方が面白いかな、日常の、なんだかわからない気持ちの悪さみたいなものを五十枚くらいで書いてみたら面白いんじゃないか」

「無理よ、私には」

私は笑いながらそう答える。これもいつもの返事だ。無理かなあ。光一郎は言うけれど、今夜はやっぱり、いつものようには言い募《つの》らない。

あんたは絶対、小説が書けるはずだ、と光一郎は言う。

結婚前の数年間、私は郷里で国語の教師をしていた。そのとき教員月報に書いた短い随筆的なものとか、結婚後しばらく、家計の足しに手伝っていた週刊誌の埋め草記事などを彼は読んで、あんたには小説の才能がある、案外俺よりあるかもしれん、と言う。

そうしてときどき、テーマやモチーフを提示して「書いてみたら」と勧める。でも私は取り合わない。書いてみたい気持ちがないわけではない。書けるような気がするときもある。だが書かない。ひとつ屋根の下でふたりの人間が小説を書くなんて、異常なことに思えるからだ。それくらいには、私は小説のことがわかっている。

それに、実際のところは、光一郎が私に小説を書いてほしいとは思っていないこともわかっている。彼が小説を書き続けるためには、私が彼の妻でいることが必要だからだ。私が小説なんか書くようになったら、妻である部分は少なからず損なわれるはずだ。そのことを、光一郎が恐れていることもわかっている。


けれども私は、小説を書きはじめてしまった。

というのは、ぽっかり時間が空いたからだ。光一郎が突然、旅に出ると言い出した。その月の仕事が終われば、ふらりと一、二泊家を空けるのは通常のことだが、今月はまだ書きはじめてもいない小説が残っているのに。どうにも書くことが浮かばない、違う風景を見に行きたいんだ。光一郎はそう言って、いつも短い旅に持っていくショルダーバッグひとつ提《さ》げて、出かけていった。

ぽっかり時間が空いたというのは、ほとんど気分的なものであることはわかっていた。清書する原稿はなく、光一郎の世話をする必要がなくても、五歳の娘には十分手がかかるし、こんなときにしかできない、アヤちゃんには任せたくない家事というのもあるのだから。それでも光一郎が出ていったあと、私の前には灰色の湿った雲みたいな、あるいは好好軒の火事の跡地の焦げ臭い空気みたいな塊が膨らんでいて、どうにかしてそれを潰さなければならないという思いに捉われたのだった。

私は文机の前に座って、原稿用紙に向かい合った。光一郎に示唆された通りに、好好軒の犬の話から書きはじめた。どうせすぐに行き詰まって、筆が止まるだろうという予想に反して、書くほどに言葉が次の言葉を呼び寄せるようで、原稿用紙はどんどん埋まっていった。

これも夫が言った通り、子供ではなく母親の視点で書いた。自分自身からは離れるように書いていったが、離れようとすればするほど、近づいてくるものがあるようだった。どのみち完成しないのだからと妙に思い切りがよくなって、自分のことを書こうと思うと、逆に遠ざかるものもあった。原稿用紙の上に浮かび上がるのは私であって私ではなく、知っていることだけ書いているつもりが、いつの間にか思ってもいないことを書いている。そうしてひとたび書かれてしまうと、それは私が間違いなく思っていたことになる。

それはやっぱり不安の物語になる。好好軒の犬にまつわる陰惨《いんさん》な噂。蕗の薹の味噌汁を、上の空で飲む夫。電話。語り手の女にとって、こういうことははじめてではない。以前は、夫の恋人が自殺未遂した。語り手の女は夫に言われて、恋人の病室へ向かった。彼女の入院費を払ったり、彼女に湯飲みとか、甘いものとか、きれいなタオルなどを渡すために。それからたぶん、彼女の恋人は、こういうときに妻を寄越す男なのだということを彼女に知らしめて、絶望させるために（それは語り手の女の思惑というよりは夫の思惑だ）。

あのときと同じようなことがきっとまた起こっているのだろう、と語り手の女は考えている。二度目だから慣れたものだわ、と自嘲的になる一方で、電話をかけてきたのがどこかの女の「姉」であることが気になっている。姉が電話してくる状況とはどんなものだろうか。また自殺未遂？（前回電話してきたのは、病院の人間だった。）それとも？　語り手の女は子供を連れて買い物に行く。気がつくとなぜかいつもは通らない裏通りを歩いていて、そこには朽ちかけたような産院がある。産院。そうか、そういう可能性もあるわけだ、と語り手の女は大笑いしたいような気持ちで思う。実際、口元を歪めてしまったらしく、娘に不審な顔をされる。

夫が、突然旅に出る。明後日には帰るよ、と言い残して。本当だろうか。本当に帰ってくるのだろうか。語り手の女は不安になるが、いちばん不安なのは、自分がそれを望んでいるのかどうかよくわからない、ということだ。夫は帰ってこないかもしれない。「姉」や、その姉が口にした名前の女のところから、戻ってくるかもしれないが、私の元へ帰り着く前に、血に飢えたダルメシアンたちに襲われ、殺されてしまうかもしれない。自分がそれを望んでいるのかどうか、やっぱり語り手の女にはわからない……。

もちろん光一郎は帰ってきた。

彼が約束した通り、二日後の朝に。

毎週三回、四号棟の前にやってくるトラックの魚屋さんで買い物していたら、手を振りながら近づいてきた。晴れやかな顔をしている。ありゃまあ、旦那さん、堂々と朝帰り？　魚屋のお兄さんがふざけると、堂々とじゃないよ、こそこそ帰ってきたんだよ、と夫は応じた。

何があるの、今日は？　光一郎は荷台に陳列された魚介類を覗き込む。魚の区別など、調理された姿でしかわからないくせに、いかにも興味があるふうに首を巡らしたりしている。すでに甘鯛と鰯《いわし》を買っていたが、夫の希望で氷頭《ひず》や雲丹《うに》も買うことになった。売り手が目の前にいると夫の目的は、買い物ではなく売り手を喜ばせること、になってしまう。夫のそういうところが私は好きだ。好きなところはもっとほかにもある。それが私の不幸なのだろう。

旅行中のことを、光一郎はほとんど話さない。いつもなら何を食べたとか何を見たとか、行きずりの人のどんな会話が聞こえてきたとか、虚実を交えて面白おかしく話すのに。どこへ行ってきたのかと聞くと、秩父のほう、というそっけない答えがある。秩父なんて私は行ったこともないから、その土地にいる夫の姿を想像することはむずかしい。小説は書けそう？ それで私はそう聞く。いや、なんだかだめだった、どうも気勢が上がらなくて、あまりあちこち歩いたりもしなかったんだ。光一郎はそう答える。

天気のいい日だったから甘鯛の骨を干しておいた。かるく炙《あぶ》ったそれで出汁をとり、豆腐と青ネギを入れた汁物を作る。身のほうは昆布締めに。氷頭と雲丹も少しずつ出す。生姜《しょうが》をたくさん入れて当座煮にした鰯も。ほうれん草の胡麻《ごま》和《あ》え。子供用にジャガイモとソーセージの炒めもの。それがその日の夕食だった。

「ああ、この汁は旨いねえ」

光一郎はしみじみと言う。

「今回は全然旨いもんに当たらなかったんだ、やっぱり人間は旨いものを食わないとだめだな。旨いものっていうのは、どういうもののことを言うのかわかるか、海ちゃん」

ソーセージ、と海里が答えたので私たちは笑った。

「旨いものっていうのは、本気で作ってあるものだよ。お百姓さんとか漁師さんとかが一生懸命作った野菜とかがんばって捕った魚とかをさ、どうすればいちばんおいしくなるのか考えて、真面目に作ったものだよ。本気とか真面目とかは、心の問題だから、値段の高い安いは関係ないんだよ。高級ぶったお店に入ったって、本気で作っていなければ、がっかりするようなものが出てくるんだから」

海里はぽかんとしている。子供に教えようとしているのではなく、自分自身への言い訳だからだろう。時に飢えるほどの貧乏暮らしだったという少年時代を持つ光一郎は、今は自分が稼いだお金で食べたいものを食べられる、という現実とときどきうまく折り合えなくなる。

それでも出かける前よりはずっと、いつもの様子を取り戻している。汁をお代わりし、昆布締めに感嘆し、氷頭も雲丹も上等だ、みんな食ってみろとはしゃいで。海里用の炒めものにまで箸を伸ばしたりして、少々はしゃぎすぎのようでもある。とにかく、彼を悩ませていた問題は解決したのだろうと私は思う。間も無く締め切りがやってくる小説をどうするつもりなのかは、知らないけれど。

今夜の食卓では、むしろ私のほうが上の空だ。甘鯛の汁も昆布締めも申し分ない出来なのに、熱があるときのように、味が遠く感じられる。口数が少ないと思われているのではないかと気になって、どうでもいい話をしたりしてしまう。

それは私の文机の引き出しの中に、書き上げた四十二枚の小説が入っているから。

それを光一郎に読ませようかどうしようか、迷っているから。

結局、私は彼に読ませた。その夜、ふたりきりになったとき、文机の引き出しを開けてしまった。

読ませてしまえば、迷っていたふりをしていただけで、本当は読ませたくてたまらなかったのかもしれない、という気もした。光一郎がソファに座って読んでいる間、私はダイニングで本を読んでいたが、本の内容はさっぱり頭に入ってこないほどどきどきしていた。

「おーい」

と光一郎が呼んだ。はい？　と私は応えた。こっちへおいでよ。光一郎が言い、私は彼のそばへ行った。

「面白かったよ」

という第一声は、私の期待よりずっと静かなトーンだったが、

「びっくりした。うまいね、あんたはやっぱり」

と光一郎は続けた。

「ああいうものを書いてくるとは思わなかった、本当にびっくりしたよ、やっぱりあんたは小説の才能があるんだなあ」

光一郎は言葉を連ねたが、私はさらに彼の言葉を待っていた。小説の出来について褒められるのはもちろん嬉しくないことはなかったが、それよりも私が書いたこ

とに対する反応を知りたかったのだ。

「いやあ、負けました。あんたはすごい。さすがは俺の嫁さんだ」

光一郎は私を抱き寄せ、唇を寄せてきた。私はびっくりした——海里もアヤちゃんもすでに寝ているはずだとはいえ、夫婦の寝室以外の場所で彼が行為に及ぼうとするのははじめてのことだったから。アヤちゃんに見られたらあとで何を言われるかわからない。私は抗《あらが》ったが、途中からすっかり身を任せてしまった。つまりこれが、光一郎の「反応」なのだろう。あるいは「回答」なのかもしれない。

そして私は夫に抱かれながら、自分が安堵していることを感じた。私が夫に望んでいたのはこのような反応だったのだと。私はまだ彼の妻でいることができる、と思った。それを決めたのは彼ではなくて私だった。あるいは夫が私に共謀を持ちかけ、私はそれを受け入れた、ということだったのかもしれないけれど。

翌日、光一郎はめずらしく、私と一緒に海里を幼稚園まで送っていく、と言いだした。

そのせいなのか、今日は好好軒の道を通る、と海里は言う。娘を真ん中に、親子三人で手を繋《つな》いで私たちは出発した。

「昨日の小説さ」

歩き出してすぐ、光一郎は話し出したから、そのためについてきたのだとわかる。

「明日G誌に渡してもいいかな。俺、全然書けてないんだよ。約束は五十枚だったけど、多少短くても問題ないし、あの小説なら先方も喜ぶと思うよ」

「でも……」

「もちろん、あんたの名前で出していい。俺から渡辺くんに言っておくよ。新人の短編ということで掲載してもらえばいい」

好好軒が見える前に、臭いが漂ってくる。海里が大げさに鼻をヒクヒクしてみせる。

私が考えたのは一瞬だけだった。

「あなたの名前で出すならいいわ」

「そっちのほうがいいの？」

光一郎には、私の答えがわかっていたようだった。

「ええ。そっちのほうがいい。小説家にはなりたくないの」

「じゃあ、そうするか。きっと批評がたくさんつくぞ。みんな俺の小説だと思って評を書くから、面白いことになるぞ」

その科白も、あらかじめ用意されていたように感じられた。大丈夫なのに、と私は声に出さず夫に言う。私はあなたの妻以外のものにはなりたくないのだから。

両親の手を握る海里の手に力がこもる。私たちは好好軒の前に差し掛かる。大丈夫大丈夫、悪い犬が来たらお父さんがやっつけてやるから。光一郎は娘に言い、悪い犬じゃないんだよ、かわいそうな犬なんだよ、と海里は言う。

色にいでにけり

坂井希久子

一

「なんですか、この色は！」

悲鳴のような女の声が、絵双紙屋《えぞうしや》の店先に響き渡った。

土産物を物色していた客や、たまたま往来を通りかかった人々が、ぎょっとして振り返る。店の一等地に並べ置かれた絵を指して、髪を島田に結った女が身を震わせていた。

「なんだと言われてもねぇ、お彩《あや》さん」

対する絵双紙屋、初音堂《はつねどう》の主《あるじ》は前掛けを両手で揉《も》みながら、眉を八の字に寄せている。叱られた犬にも似た困り顔である。

「とぼけないでください。分かるでしょう、初摺《しょずり》と全然違うんですから！」

下手《したて》に出る初音堂に、お彩はなおもくってかかる。二十をいくつか過ぎたと見られる、肌の浅黒い女であった。

その指差す先にあるのは錦絵だ。当世人気の、「富嶽三十六景」の一つ。画面いっぱいに描かれた富士が、火を噴《ふ》きそうなほど赤く燃えている。その赤が気に入らぬと、難癖をつけているのである。

「うちにあるのを持って来ましょうか？　初摺は鳶色《とびいろ》の山頂から徐々にぼかされてゆく山肌が素晴らしく美しいんです。そして山裾の緑は藍鼠《あいねず》にはじまり、これもまた中腹に向かって淡く、光の移ろうように交わる。だいたい空も、こんなべた塗りではなく――」

「でも売れてんだよ、この『赤富士』」

「『赤富士』ではありません。『凱風快晴』です！」

長くなりそうだと踏んだか、初音堂が話半ばで口を挟み、お彩はそれにも嚙みついた。

錦絵の題名を、気にして買う客などいない。赤く摺《す》られた富士を皆、「赤富士」と呼んでありがたがって買ってゆく。今やそちらの俗称のほうが、世間一般には通っているくらいだ。行商で江戸に来たと思しき客も、国元への土産として何枚か手に持っていた。

「そんな目くじら立てなさんな。初摺と後摺《のちずり》の趣が違うのは、今にはじまったことでなし」

初音堂が、相手を宥《なだ》めるように手を上下に振る。

仰《おお》せのとおり初摺と後摺に差があるのは、摺り物である錦絵にとってはありふれたことだ。

人気の絵師であれば、初摺は二百枚ほど。これは絵師の立ち会いのもと、その指示に従って摺られる。だが後摺は版元や摺師の意向で色が減ったり変わったり、手間を惜しんで細かなぼかしなどの技術が省《はぶ》かれたりもする。

また多く摺ってゆくうちに版木がすり減り、輪郭線も曖昧《あいまい》になってゆく。ゆえに好事家《こうずか》は初摺を開版日に並んででも買うわけで、お彩もそのうちの一人であった。

「だからってこんな、真っ赤っかにすることはないでしょう!」

富士の絵に負けぬほど、顔を真っ赤にして足を踏み鳴らす。

摺りを重ねるごとに、富士の赤みが強くなってきているなとは思っていた。そして先ほど通りがかりに、これはもう見過ごせぬというほどべたりと赤いのを見てしまったのである。その絵はすでに、絵師の意図したものとはまったくの別物になっていた。

「辰五郎《たつごろう》ならこんな雑な仕事はしません。いったいどこの摺師ですか!」

どれだけ錦絵が売れたところで、版元や絵師とは違い、彫師や摺師の名はほとんど表に現れない。だが初音堂ならばそのあたりの事情に詳しい。

「摺久《すりきゅう》だよ」

詳しすぎて、お彩の顔色を窺《うかが》いつつその名を出した。

木曽屋《きそや》久兵衛《きゅうべえ》、通称摺久。たしかな腕がありながらも、金になるなら絵の出来映えなどどうでもいいと思っている男である。

お彩の噛みしめた奥歯がぎりりと鳴った。

「それを聞いてどうするね。摺久のところに乗り込むかい？」

そんなことはできぬと知りつつ、初音堂は煽《あお》るようなことを言う。そうすればお彩が黙るしかないと知っている。

「だいたいこの『赤富士』は、永寿堂《えいじゅどう》がこれでいいって判断したから出てんだろ。頼むからうちの店先で騒ぐのはやめてくれよ」

お彩に同情を寄せているからこそ、無理に追い返すようなことはしない。西村屋《にしむらや》永寿堂は、「富嶽三十六景」を出している版元の名である。

冷静になってみれば、初音堂が富士を赤くしろと指示を出したわけではない。頭に血が上るあまり迷惑なことをしてしまったと、お彩は素直に己を省《かえり》みる。

「ごめんなさい、おじさん」

謝ると、子供のころからお彩を知る初音堂は眼差しを和《やわ》らげた。

「いいさ。気をつけて帰んな」

優しくされるとなぜか胸が苦しくなる。

お彩は泣きたい気持ちをぐっとこらえ、ぺこりと頭を下げてから身を翻《ひるがえ》した。

初音堂の店先から、ふらりふらりと歩を進める。

広く開けた南伝馬町には問屋や料理屋が多く、日の傾きかけたこの刻限でも、人が多く行き交《か》っている。そうだ、夕暮れ時や明け方は、まず雲が薄紅色に輝くのだ。先ほどの赤富士は、雲が白いままだった。

紺青《こんじょう》、瑠璃《るり》、群青色《ぐんじょういろ》、瓶覗《かめのぞき》に白練《しろねり》、鴇羽色《ときはいろ》と茜色《あかねいろ》。空に見つけられる色は、数限りない。それから問屋の甍《いらか》の鉄御納戸《てつおなんど》、漆喰《しっくい》の白、通行人はさらに思い思いの色を身につけている。

世の中は色鮮やかで、美しい。でも目に映る色をすべて混ぜ合わせたなら、きっと黒が勝つのだろう。

頭の片隅でそんなことを考えつつ歩いていたら、目の前に琥珀色《こはくいろ》が迫ってきた。団子だ。

それを持つ手は骨張ってはいるものの、お彩よりうんと白い。京紫の縮緬《ちりめん》の袖がその先に続き、涼しげな切れ長の目をした男の微笑《ほほえ》みに行き当たる。

「食べんか？」

男は茶屋の縁台に腰掛けていた。そして通りかかったお彩に、団子を差し出しているのである。

「あんさんえらい叫んではったから、小腹空きましたやろ」

白々しいほどの上方訛《なま》りだ。笑みを深くするとさらに目が横に引っ張られ、狐のような面《つら》つきになる。

胡散《うさん》臭い。お彩は立ち止まりもせず、「けっこうです」とその前を通り過ぎようとする。

「ちょっと、待ちぃって」

なんてことだ、立ち上がって追ってきた。勘定はすでに済んでいるのか、茶店の者も「ありがとうございました」と見送っている。

「なんです、ついて来ないでください」

「あんさん、さっき色がどうとか、面白いこと言うてはりましたなぁ」

駄目だ、話が通じない。手にしたままの団子に齧《かじ》りつき、もぐもぐと口を動かしながらついて来る。けっきょく自分で食べるのか。

「わて、江戸に来てまだ間もなしで。いまひとつ馴染めてませんのや」

そうでしょうね。声には出さず、心の中だけで頷く。

男が着ている着物の京紫はその名が示すとおり、京の色だ。いや、もともと紫といえば、この赤みがかった紫を指すのだが。江戸っ子が上方に負けぬ紫を作ろうと、より青みの強い紫を生み出して江戸紫と称し、もとからあった紫を京紫と呼ぶようになったのだ。

ゆえに江戸っ子は、江戸紫に誇りを持っている。それだけ紫というのは憧れの色だ。なにしろ染料となる紫根《しこん》が馬鹿高い。たとえば紫根をうんと使った濃紫は禁色《きんじき》であった。本紫にはとても手が出ない庶民のために、紫根の代わりに蘇芳《すおう》を用いて作られた、似せ紫という色まである。

つまり京紫を着ているだけで、男が京の出で、まだ江戸の水に馴染めておらず、なかなかに裕福であることまで分かってしまう。ますます怪しい。そんな男になぜ呼び止められねばならぬのだろう。

「江戸の人って上方に比べて、着ているものが地味ですやろ。若い娘さんでさえ、茶色や鼠色のべべ着てはる。ほら、あんさんかて」

男がお彩の肩口に目を留める。夏が去り袷《あわせ》の季節になったばかりで、御納戸色に細い媚茶《こびちゃ》の縞《しま》が入った一張羅《いっちょうら》を身に着けていた。

「失礼な。地味ではなく、粋《いき》というのです」

どちらも江戸っ子には人気の色だ。重ね着をして裾から紫の小紋と紅絹《もみ》の襦袢《じゅばん》を覗かせればもっと粋だが、今の暮らしにそれほどの余裕はない。

だが、しまった。無言でやり過ごそうとしていたのに、つい返事をしてしまった。

男はさらに失礼なことに、四つのうち二つを食べ終えた団子の串でこちらを指してきた。

「そう、それ。そのイキゆうのが分からしまへん。ちなみに上方ではスイ言います」

どちらも「粋」と書くらしい。お彩にはいまひとつ違いが分からない。

「そこでやね、わてにイキのなんたるかを教えてくれまへんやろか。あんさん、色に詳しいみたいですし」

まさか、そのためだけに声をかけてきたというのか。いや、京紫を身に着けられるほどの身分なら、まともな相談役を雇《やと》えるだろう。これはなにか、裏があるに違いない。

振り切れるか。男は上背があるものの、ひょろりとした体つきで、体力はなさそうだ。

「ちなみにわての着物で、お勧めの色はありますか？」

そう言いながら、男は三つ目の団子に齧りつく。よし、今だ！

「知らない。江戸茶でも着てれば！」

江戸茶は江戸っ子好みの、黄みの深い赤褐色。ちゃんと嫌味に聞こえただろうかと思いつつ、お彩は横道にそれて走りだした。

「あっ！」

虚を突かれた男はその場に立ちつくし、追ってくる気配はない。お彩は後も振り返らずに、疾風のごとく駆け抜けた。

二

さすがにもう、大丈夫だろう。

南伝馬町から東海道を真っ直ぐに南下すれば家まで帰れるというのに、横道に逸《そ》れたり出たり、町を縫《ぬ》うように走ってきたのでさすがに疲れた。芝口橋の手前でお彩はゆるゆると足を緩《ゆる》め、息を整えつつ歩く。

父親と二人で暮らす裏店《うらだな》はもう、目と鼻の先。町の名を、日蔭町という。

由来は通りの西側に立派な武家屋敷が立ち並んでいるため、常に日蔭になっていることだろう。だが日蔭町通りは東海道の裏道ということもあり、名前の陰気さとは裏腹に、本屋、刀剣道具屋、餅菓子屋、薬屋、履き物屋などが軒を連《つら》ね、賑《にぎ》わっている。特に多いのは古着屋で、お彩はそこから繕《つくろ》い物の仕事をもらってどうにか食いつないでいた。

「おや、お帰り、お彩ちゃん」

そろそろ店仕舞いとばかりに表を掃いていた油店《あぶらみせ》、香乃屋《かのや》のおかみさんが、伸び上がるようにして手を振ってくる。

いつも陽気な働き者だ。伽羅《きやら》の油をはじめとした鬢付《びんつ》け油を扱うとあって、「女が勧めたほうが真実みがあるだろう」と客あしらいにも精を出す。手入れが行き届いているだけあって、自慢の黒髪にはまだ白髪一本混じっていない。

また、香乃屋はお彩たちが暮らす裏店の大家でもあった。

「あ、そうだ。ちょっと待ってな」

なにを思い出したかおかみさんは手を打ち鳴らし、竹箒《たけぼうき》をお彩に押しつけて店に引っ込んだ。戻ってきたその手には、ごく小さな縮緬の、巾着袋が握られている。

「はい、これ。伽羅の油を買ってくれたお客さんに、おまけでつけようと思って仕入れた匂い袋」

このように、嬉しいおまけを考えるのもおかみさんの仕事である。ゆえに香乃屋は人気があった。

「ありがとうございます」

お彩は匂い袋の縮緬の、鮮やかな牡丹色に惹《ひ》かれて手を伸ばした。

綺麗だ。ほんのりと漂う丁子《ちょうじ》の香りと相まって、胸の奥にぽっと灯がともる。だがおかみさんは、それをすぐさま吹き消した。

「香りは大事だよ。ほら、花だって蜂や蝶を呼ぶために、甘いにおいを出すだろう」

化粧っ気のないお彩におかみさんはいつだって、身なりを装えと言ってくる。お彩もすでに二十三、このままいかず後家になるのを心配している。

「縁談が一つ駄目になったくらいで、諦めちゃいけないよ!」

大きなお世話だ。

おかみさんにも年頃の、お伊勢《いせ》という娘がいる。だからこそいつまでも独り身のお彩がよけいに気がかりなのだろう。

できれば、そっとしておいてほしい。でもおかみさんのお節介のおかげで、大いに助けられもした。お彩と父親が貧しいながらも屋根の下で暮らしてゆけるのは、おかみさんが手を差し伸べてくれたからこそだ。

それを思うと、無下《むげ》にはできない。

「ええ、そうですね」と、どうにか微笑みのようなものを顔に貼りつける。

「いいね。そうやっていつも、笑顔でいなよ!」

自分はそれほど、難しい顔ばかりしているのだろうか。景気づけにぽんと叩かれた背中が、ぴりりと引き攣《つ》れた気がした。

涼しい季節になってありがたいのは、昨日の味噌汁がまだ悪くなっていないことである。夕餉《ゆうげ》の支度をしなければと鍋の蓋を取ってみると、思いのほか残っていた。

「お父つぁん、お昼を食べなかったの?」

四畳半に煮炊き用の土間がついているだけの、棟割り長屋。部屋の真ん中に敷かれた布団に身を起こし、父親はぼんやりと座っている。お彩が日本橋まで繕い物を届けてくると言って昼前に出て行ってから、少しも動いていないように見える。

真昼でも薄暗い部屋はすでに相手の顔が見えぬほど暗くなっているが、竈《かまど》を使っているうちはまだ、行灯《あんどん》をつけなくてもいいだろう。照明があろうがなかろうが、この父には変わりない。

「酒は――」

老人のような嗄《か》れた声で呟《つぶや》き、なにもない虚空に手を伸ばす。右の指の節だけが異様に高くなった、長年馬楝《ばれん》を握ってきた手だ。肘《ひじ》も右だけが硬い瘤《こぶ》のように盛り上がっている。空摺《からず》りという、紙に凹凸を出す技では馬楝の代わりに肘を強く擦《こす》りつけるので、こうなってしまう。父、辰五郎は腕のいい摺師であった。

「買ってないわ、お酒なんて」

「なんだと」

喉の奥で痰《たん》を絡ませつつ、辰五郎はゆらりと立ち上がる。寝間着越しでも分かる、痩せた体が痛々しい。月代《さかやき》を剃ってやらねば。もうずいぶん伸びている。

「あれほど買ってこいと言ったじゃねぇか。お前、俺を馬鹿に――あ痛ぇ！」

お彩に詰め寄ろうとして、方向を誤った。茶簞笥《ちゃだんす》の角にぶつけ、辰五郎は足の指を押さえて転げ回る。ろくに動かず寝てばかりいるから、家具の配置も摑《つか》めていない。辰五郎は、二年前に目の光を失った。

「気をつけて、お父つぁん」

口先だけで注意を促し、お彩は竈に火を入れる。離れていても熱が伝わったか、火がついたとたん辰五郎は「ヒッ！」と己を守るように身を縮めた。火が怖いのだ。

二年前、京橋五郎兵衛町にあった作業場から火が出て、煙に巻かれた辰五郎は目を痛めて失明した。大事な版木を持ち出そうとして、逃げるのが遅れたためである。周りに火が移らなかったのは不幸中の幸いだったが、作業場とそれに隣接していた自宅はほぼ全焼し、五人もいた弟子たちも散り散りになってしまった。

辰五郎の身になにもなければ、いくらでも再起は叶ったことだろう。あるいは弟子のうちの一人、卯吉《うきち》が辰五郎の名を継いでくれてさえいれば。いずれ卯吉は辰五郎の跡を継ぎ、お彩と夫婦になることが決まっていたのだから。

「頼むよ、お彩。酒を、酒をくれ。俺ぁ正気でいたくねぇんだ」

自慢の父だった。作業場に漂う絵の具のにおいが好きだった。紙が飛ぶため、暑くても窓さえ開けられぬ。そんな中でも手を抜くことを知らない辰五郎の摺り上げる錦絵は、色の出かたが美しいと評判だった。

そんな父が今や痩せ衰え、縮こまって震えている。絶妙な色を配してきたその目が見えぬなら、現《うつつ》も見たくはないと思っている。酒はあればあるだけ飲んでしまい、隣近所にまで無心する。そして酒が切れると、こうしてめそめそと泣く。

「しっかりしてよ、お父つぁん。お酒じゃなくちゃんとご飯を食べて、力をつけて」

母親はお彩が物心つく前に他界しており、父と娘で生きてきた。こんなに腑抜けてしまった父を、支えられるのは自分だけだ。

煮えたぎる湯に青菜を放り込み、箸で混ぜる。目の見えぬ辰五郎の前では、表情を取り繕わなくていいのが楽だ。鏡を見るまでもなく、疲れた顔をしているのが分かった。

今さら師匠と許嫁《いいなずけ》を捨てた卯吉に未練があるわけではない。だがこの父がいるかぎり、お彩が他所《よそ》に片づくわけにもいかない。

泣きたいのは自分も同じ。だが泣いたところで腹が膨れるわけもなし、そんな暇があるなら手足を動かす。

お陰で今は、身なりも構わぬ行き遅れ。懐に入れた匂い袋が温められて、いっそう高く香っている。

三

薄紅色の地に薄黄の菊、錆浅黄《さびあさぎ》に猩猩緋《しょうじょうひ》の紅葉《もみじ》、梅鼠《うめねずみ》に梅紫《うめむらさき》の彼岸花。

縫い取りが美しいと評判の半衿屋は秋の柄が出揃って、見ているだけでも楽しめる。若い娘たちで賑わっている店内は華やかでもあり、銘々がつけている鬢付け油の甘い香りに満ちている。

「やだもう、どうしよう。ちっとも決められなくって困る!」

中でもひときわ上等の鬢付け油を香らせたお伊勢が、見世棚に並んだ半衿を見て身悶えする。母親譲りの艶やかな髪に挿した、びらびら簪《かんざし》が揺れている。目は輝き頬はほんのりと上気して、少しも困っている様子はない。

「ねぇ彩さん、どれがいいと思う? この着物に合わせたいんだけど」

甘え上手のお伊勢はそう言って、お彩に腕を絡めてくる。十七の娘の頬は瑞々《みずみず》しく、少し鼻にかかった声は鼓膜を心地よく震わせる。

香乃屋の母娘はとりたてて美人というわけではないが、髪の手入れを怠らぬのと、化粧のうまさで妙に美しく見える。日蔭町の若者たちも、お伊勢に懸想《けそう》しているのが少なくはない。

いずれ香乃屋を継ぐつもりでいるお伊勢がほしいのは婿養子。共に店を守《も》り立ててくれる婿を選ぶため、「言い寄ってくる男の人は多いほうがいいじゃない」としれっと笑う。さすがはあのおかみさんの娘である。

それゆえに、身に着けるものを選ぶにも余念がない。今日の装いは萩色と白の市松模様の振り袖に紅絹の襦袢をたっぷり見せて、黒繻子《くろじゆす》の昼夜帯を路考結《ろこうむす》びにしている。明るさが滲み出ているお伊勢の顔立ちには、よく似合っている。

もっともこの着物の見立てをしたのも、お彩なのだが。買い物のときはいつだって、お伊勢はお彩を誘ってくる。

私だって、暇ではないんだけれど。

近所の古着屋から受けた繕い物の仕事を、今日中に片づけてしまうつもりでいた。行灯の油を切り詰めたいから、正しくは夕暮れまでにだ。それなのにお伊勢が昼過ぎに来て、「おねがい」と拝み倒されてしまった。

頼られたら断れないお彩の性分を、お伊勢はよく分かっているのだ。本当にちゃっかりしている。だが妹のように懐かれては、悪い気もしなかった。

「お伊勢ちゃんは肌が白いから、顔周りに淡い色を持ってくるといいよ。ほら、これとか」

店に入ったときから、お伊勢に似合いそうだと目をつけていた半衿を指差す。薄《うす》黄蘗《きはだ》の地に、撫子色《なでしこいろ》、白、若葉色の小菊が散った、愛らしい柄である。

「そう、じゃあこれにする」

さっきまでどれにするか決めかねて困っていたくせに、お伊勢はあっさりその半衿を手に取った。

「いいの？　そんなにすぐ決めちゃって」

「ええ。だって彩さんの色の見立てに間違いはないもの」

そう言ってくれるのは嬉しいが、色について特に学んだわけではない。ただ幼いころから辰五郎の作業場に入り浸り、錦絵に命が吹き込まれる様を見てきた。絵双紙の代わりに、色見本に夢中になって育ったのである。世に溢れる色をすくい取り、すべてに名前をつけてあるのが面白かった。

「お礼に彩さんも、一枚選んでちょうだい」

自分のために選ぶなら、青竹色に葡萄《ぶどう》柄が縫い取られた半衿。内心そう思ってはいたが、お伊勢の申し出にお彩は首を振る。

「私はいいわ」

「どうして。そのつもりでおっ母さんから余分にお小遣いをもらったのよ」

やっぱりおかみさんの手回しもあったか。たまには華やいだ場にお彩を連れ出してやらねばと、意気込んでいる母と娘である。お伊勢が誘いに来なければ、穴蔵のようなあの部屋で、父の恨み言を聞かされながら針を動かしていただろうに。

「ひどい娘だよ、お前は。こんなになっちまったお父つぁんを、酔わせてもくれないなんて。鬼だ、鬼。血も涙もねぇ鬼だよ！」

そんなふうに罵《ののし》られていたのを、お伊勢だって聞いたはずだ。

「だったらその余分で、お伊勢ちゃんのをもう一枚買いましょうよ。あの乙女色も気になっていたの」

乙女色は恥じらうような乙女椿の色である。お伊勢の着物に使われている萩色よりずっと淡く、襟元に向けてぼかしが入ったように見えるだろう。銀杏《いちょう》柄の縫い取りの、糸が白であるところも楚々としてよい。

「んもう、彩さんは欲がないんだから」

お伊勢はおかみさんほど無理強いはしない。「じゃあそれも買っちゃおう」と、二枚の半衿を店の手代に渡した。真っ直ぐに育っているこの娘はきっと、情けをかけられる者の惨《みじ》めさなど考えたこともないのだろう。

お彩だってこの歳ごろには、なんの憂いもなかった。辰五郎の評判は上々で、一番弟子の卯吉に幼い憧れを抱いていた。あの幸せな日々は、一夜にして崩れ去ってしまった。

「どうもありがとう」

支払いを済ませた品物を風呂敷に包んでもらい、お伊勢は軽く頭を下げる。その拍子に、甘い髪の香りが強く立ち昇る。手代がうっとりと目を細めたことに、お伊勢だってきっと気づいている。

こんな夢のような香りを、お彩はもはや振りまけない。昨日もらった匂い袋は、家の柱に浮き出た釘へ引っ掛けてある。丁子の香りは辰五郎の饐《す》えた汗や下帯に染み込んだ尿のにおいをごまかしつつ、しだいに褪《あ》せてゆくのだろう。

「ああ、お彩ちゃん。やっと帰ってきた」

お伊勢と連れ立って京橋の半衿屋から戻ってくると、香乃屋のおかみさんが待ちかねたように手を振った。娘ではなく、お彩に用があるらしい。帳場のある店の間から、往来に身を乗り出している。

「どうしたんですか、おかみさん」

もしや父が騒ぎでも起こしたか。お彩は小走りになって近づき、おかみさんの背後に控える人物に気づいて足を止めた。

「あなた、昨日の！」

なぜこんな所にいるのか。香乃屋の店の間に座り、暢気《のんき》に茶を飲んでいたのは、たしかに南伝馬町で出くわした狐面の男だった。

「これはこれは、覚えててくれはっておおきに。嬉しわぁ」

なんとも白々しい。男の笑みは摑みどころがない。あんなふうに声を掛けられて、忘れられるほうがどうかしている。

「ねぇ、誰、誰？」

好奇の虫を抑えきれぬお伊勢が、後ろから袖を引いてくる。浮いた話を心待ちにされても困るのだ。

「知らない人よ」

「ひどいなぁ、お彩はん。わてら、イキな仲ですやん」

「誤解を招くような言いかたはしないでください」

いつの間にか、名前まで知られている。さっきおかみさんが呼んだからか。まさか、こんなふうにつきまとわれるとは。

「なんです、あなた。どうやってここまでたどり着いたんですか！」

「絵双紙屋のご主人に聞いたら、いろいろと教えてくれましたえ」

なんということ。お彩は内心頭を抱える。どこの馬の骨とも知れぬ相手に、よくぞそこまで口が軽くなれるものだ。

「いろいろ？」

「涙なしには語れんことを。あんさん、苦労してきはったんやなぁ」

「そう、そうなんだよ。なのに愚痴一つ零《こぼ》さないこの子が、あたしゃ不憫《ふびん》でねぇ」

おかみさんが着物の袖口を目元に当てて、涙を絞るふりをする。お彩の帰りを待つうちに、こちらもずいぶんいらぬことを喋《しゃべ》ってくれたものと見える。

「いったいなにが目的で――」

「だから言うてますやん。江戸の色について、ご教示願いたいんやわ」

「本当にそれだけ？」

「他になにがありますねや」

昨日のお彩の捨て台詞《ぜりふ》を真に受けたのか、男は渋い江戸茶の着物に身を包んでいる。あまり似合ってはいない。昨日とは違い、生地は木綿だ。ただし、目玉が飛び出るほど高い唐桟織《とうざんおり》である。

「ねぇねぇ、お兄さんってなにしてる人？」

男に金のにおいを感じたか、お伊勢が上がり口に腰掛けて、馴れ馴れしい口をきく。

「へぇ、上方から下ってきて、ケチな商売をしとります」

「名前は？」

「右近《うこん》います」

なんだか京らしい雅《みやび》な名だ。本名だとしても、実に胡散臭い。

「独り身なの？」

「恥ずかしながら。まだまだ半人前なもんで」

お伊勢のあけすけな問いかけにも、右近はそつのない受け答えをする。

相手が独り身と聞いて、お伊勢はなぜお彩を横目に窺うのか。おかみさんまでが、うきうきとした目でこちらを見ている。

「お帰りください。そして二度と来ないでください」

「そうそう、昨日はさすがに不躾《ぶしつけ》やったと思いまして、手土産を持ってきましてん」

やっぱり話が通じない。右近はお彩の剣幕をものともせずに、懐から辛子色の巾着を取り出した。その中には赤絵の蓋物。蓋を取ってみると、粒の揃った金平糖《こんぺいとう》がぎっしりと詰まっている。

「あら、美味《お》《い》しそう。あんた、ねぇ、あんたぁ。すぐにお茶を四つ持って来てちょうだい」

おかみさんが目を輝かせ、奥に向かって呼びかける。帳場にいないと思ったら、香乃屋の主人は内所にいるようだ。こちらも婿養子なので、おかみさんには頭が上がらない。

「ほら、お彩ちゃんも突っ立ってないでお座り。せっかくだから、皆でいただきましょう」

その「皆」の頭数に、主人は入っていないようだ。否と言う間もなく袖を引かれ、お彩は強く抗うことができなかった。

とげとげの白い金平糖を、指で摘《つ》まんで転がしてみる。まるで星屑のような菓子だ。元は南蛮菓子らしいが、今やすっかり江戸に根付いている感がある。

とはいえ今のお彩が気軽に手を出せる値でもない。最後に食べたのは、火事の前。卯吉が少ない給銀の中から、お彩に買って来てくれたっけ。

口の中で転がすとほんのり甘く、歯を立てるとほろほろと崩れてゆく金平糖。京橋川の畔《ほとり》に二人で並び、儚《はかな》い甘さを味わった。

「金平糖は、どうして白ばかりなんでしょう」と首を傾げると、「お彩ちゃんは、おかしなことを言うなぁ」と卯吉は笑ったものだった。

「ううん、美味しぃ」

「甘ぁい！」

香乃屋の母娘は喜怒哀楽が激しい。金平糖に苦い思い出がなくても、お彩はあんなふうにはしゃげない。

「食べはらへんのですか？」

金平糖を眺めているだけのお彩に、右近が声をかけてくる。物思いに沈んでいたせいで、唇からぽろりと呟きが洩れた。

「金平糖は、なぜ白いのかしら」

なにを口走っているのだろう。おかみさんとお伊勢にも声が届いたらしく、二人で顔を見合わせている。

「そりゃあ、白砂糖の色だろ？」

「砂糖を煮溶かしたものを何度も鍋に回しかけて、この形になると聞いたわよ」

金平糖は平鍋に入れた芥子粒《けしつぶ》に糖蜜を少しずつかけて混ぜ、それを十日ほども繰り返して作られているという。小さな菓子一粒にかけられた手間暇を思えば、値が張るのも頷ける。

白砂糖が白いのだから、金平糖も白くてあたりまえ。空はなぜ青いのかと尋ねるようなものだ。「おかしなことを言う」と笑った、卯吉の声がよみがえる。

「へぇ。なんでそう思わはったん？」

思いがけぬ問いかけが聞こえた。ハッとして顔を上げると、右近が興味深そうに手元を覗き込んでくる。お彩はつい、しどろもどろになってしまった。

「その、色はつけられないのかと。最後に加える糖蜜に、たとえば梔子《くちなし》や露草《つゆくさ》の色を混ぜて――」

「つまり、黄色や青の金平糖ができないかってことかい？」

「ええ、まさにそれです」

おかみさんが助け船を出してくれ、お彩は頷く。

「それをひと色ずつ売るんじゃなく、白、黄、青と混ぜて売ったら――」

「絶対可愛い！」

金平糖の入った蓋物を見下ろして、黄色い声を上げたのはお伊勢だ。右近が「なるほど」と顎《あご》先を撫《な》でる。

「できるかどうかは職人に聞いてみな分かりませんけども、面白そうですな」

「おかしなこと」が「面白そう」になった。そんなふうに言われたのははじめてで、右近の狐面にまじまじと見入ってしまう。どうやら本心から出た言葉らしい。

「せや、お彩はん。その面白さで、わてのお友達に力添えしてくれまへんやろか」

「力?」

これまでなら、なにも聞かずに断っていただろう。だがお彩は少しくらい、右近の話に耳を傾けてもいいかという気になっていた。

「へぇ、実は来月大きい茶会があるそうで。その主菓子《おもがし》をいくつかの菓子屋に競わせて選ぶことに決まったゆうて、お友達はどうゆう菓子を作ったらええやろかと、ずっと悩んではりますねや」

大きい茶会というと、来月なら炉開きか口切りだろう。その程度の知識はあるが、茶会などお彩には縁のない話だ。

「私、上菓子なんか食べたことがありません」

餅菓子や団子などとは違い、白砂糖をふんだんに使い意匠にも凝った上菓子など、庶民の口には入らない。米ならば今年は豊作らしく一両で八斗ほども買えるところを、ある店の上菓子の色とりどりに詰められた四段重は、なんと六十両もするらしい。

そんな上菓子屋を数店競わせようというのだから、依頼元はどれほどのお大尽《だいじん》だ。茶の作法すら知らぬお彩に、ますます出る幕はない。

「構しまへん。上菓子で大事なんは、味以上に見た目どす。お彩はんは特に、色について意見してくれはったら充分や」

たかだか金平糖の色について言及しただけで、ずいぶん買《か》い被《かぶ》られたものだ。自分には身に余る。そう思う一方で、面白そうだと胸が躍っていたりもする。

お彩よりも、お伊勢が手を叩いて喜んだ。

「すごい。やってみなよ、彩さん」

「もちろんタダでとは言いまへん。せやなぁ、お友達の菓子が選ばれた暁には、五十出しまひょ」

当のお彩が黙っているので、右近は金の話まで持ち出した。右手の五指を開き、突き出してくる。

「五十文、ですか」

子供の小遣いに毛が生えた程度のものだ。それでもあればありがたい。たしか醬油の買い置きが切れかけていた。

ところが右近が示した額は、お彩の想像の域を超えていた。

「いいや、銀五十匁《もんめ》どす」

金にすると、一両近い。

ひゅっと喉の奥が鳴る。続いてお彩は激しくむせた。自分が菓子を作るわけでもないのに、銀五十匁なんて馬鹿げている。こんな話に、裏がないはずはない。

「大丈夫でっか」

背中をさすろうと伸ばされた、右近の手を振り払う。お彩は咳が止まるのを待ってから、きっぱりと返事をした。

「お断りします」

四

三日後、お彩は右近に伴われ、日本橋方面に向けて歩いていた。

頭上には浅黄色の空が広がっているというのに、胸の内はちっとも晴れぬ。いったいどこに連れて行かれるのだろうかと、女衒《ぜげん》に買われた娘の気分だ。二十三にもなった女が高く売れるとは思えないが、なにかよからぬことをさせられるのではと気が気でない。

色事でないなら、犯罪の片棒でも担がされるのか。はたして五体満足で帰れるのかどうかも分からない。

それでも金を作らなければ。よりによって、右近に借りてしまった金を。

香乃屋の店の間で金平糖を食べたあの日、右近の頼みをけんもほろろに断って、お彩はひと足先に裏店へと引き上げた。日が暮れるまでに、繕い物を三枚は仕上げてしまいたい。貧乏暇なし、自分にはのんびりと茶を飲んでいる余裕はないのだ。地道に実直に、日銭を稼いでゆくしかない。

そう心に決めて、お彩は「お父つぁん、ただいま」と部屋の板戸を引き開けた。だがどういうわけか、人の気配が少しもしない。部屋の中は、がらんどうだった。

「お父つぁんがいないの！」

急ぎ足で香乃屋に戻ると、右近はまだそこにいた。そろそろ帰るつもりだったらしく、上がり口に腰掛けて、草履《ぞうり》を履いているところだった。

震える声で辰五郎の不在を訴えると、おかみさんが「なんだって！」と青ざめた。布団に温もりは残っていないし、厠《かわや》にもいなかった。他の部屋にお邪魔している様子もなく、ならば外に出かけたのだろう。ちょうど客が団子になってやってきた刻限があり、見逃してしまったかもしれぬとおかみさんは言う。

あの不自由な目で、いったいどこへ。一人歩きに慣れているわけでもないというのに。

「ひとまず自身番に届けて――」

狼狽《うろた》えるばかりのお彩に代わり、お伊勢が下駄を突っかける。表に飛び出したところで、「あっ!」と叫んで通りの向こうを指差した。

辰五郎が五十がらみの男に手を引かれ、よろりよろりと歩いてくる。見知らぬ男だ。辰五郎の無事を知り、お彩はほっと腹の底を緩めた。

だがそれもつかの間のこと。辰五郎は頭から樽に突っ込んだかのように酒臭く、見るからに酩酊していた。

辰五郎を連れてきた男は、居酒屋の亭主らしい。お彩が酒を買ってこず、隣近所にも飲まさぬように頼んであるため、辰五郎はツケで飲もうとふらりと出かけて行ったのだ。

「だけどはじめての客だし、ツケにしとくにゃ額が大きいんで、しょうがないから出張ってきたんでさぁ」

辰五郎はすでに話もできず、香乃屋の店先で船を漕いでいた。お彩は懐から紙入れを取り出し、頭を下げる。

「ご迷惑をかけてすみません。おいくらでしょう」

「千四百文でさぁ」

「はい?」

声が裏返る。裏店の店賃の、三月分ほど。一人で飲んでそんな額になるはずがない。

「お連れさんたちがずいぶん飲んでましたからねぇ」

「連れ？　誰ですか、それは」

「さぁ。払いはこの親爺さんがすると言って、帰っちまったんで」

亭主が辰五郎から聞き出したところによると、酒が飲みたくて外に出たものの、右も左も分からなくて、道行く人に「居酒屋はどこか」と縋《すが》りついて聞いたらしい。その折に、「俺たちも行くから、一緒に行こうぜ」と声をかけてきた男たちがいた。

居酒屋には七、八人で連れ立って来たというから、そいつらだろう。

つまり辰五郎は、ごろつきたちの鴨にされてしまったのだ。安酒ならばその人数で飲んでもそこまでの額にはならぬから、ここぞとばかりにいい酒を呷《あお》ったに違いない。

「なんてひどい人たちなの」と憤《いきどお》ったところで後の祭り。どこの誰とも知れぬ者には、酒代を払えと詰め寄ることもできやしない。かといって千四百文もの金を、すぐさま都合できる身分でもない。

「申し訳ないことです。毎月少しずつお返しします」

「そうは言ってもねぇ」

踏み倒されることを恐れてか、亭主は口元を歪《ゆが》める。腕組みをしてお彩の頭のてっぺんから爪先まで、値踏みするように眺め回した。その眼差しに好色そうな粘り気が含まれており、お彩はぞっとして我が身を庇《かば》うように抱いた。

もしかするとこの亭主も、ぐるだったのかもしれない。辰五郎とごろつきたちの組み合わせは傍《はた》から見てもおかしかったはず。そんな連中に請われるままに、高い酒を出すものだろうか。

「あんた、歳は」

薹《とう》が立っちゃいるが、まぁいいか。亭主の顔に、はっきりとそう書いてある。

「ちょっとなにさ、卑怯《ひきょう》じゃないか！」

おかみさんがいきり立ち、お伊勢がお彩に抱きついてきた。庇ってくれるのは嬉しいが、血の気の多いこの母娘に任せていたら、町ぐるみの騒動になりそうだ。

「はいはい、そこまで。江戸っ子のくせに、イキやないなぁ」

ぽんぽんと手を打ち鳴らす音に振り返る。右近のことを忘れていた。相変わらず、上っ面らしい笑みを浮かべて立っている。

「あんさんも、たった千四百文のかたにされるて、どれだけ安いねや。怒りよし」

「お、大きなお世話です！」

「怒る相手が違うわ。なぁ、兄さん。わてが代わりに払《は》ろたるから、去《い》によし」

右近は力みを感じぬ足取りですするすると亭主に近づき、そう言ったときにはもう、二分金を目の前に突き出していた。

だが亭主のほうは、割り込んできた上方男に虚仮《こけ》にされて、すでに引っ込みがつかない。

「なんだてめぇ、よそモンは黙ってろ！」

唾を飛ばし、右近に詰め寄る。その大きく開いた口に、右近はあろうことか、二分金を飴玉のごとく放り込んだ。

「んがぐ！」

亭主は驚いて口を押さえた。喉仏が、大きく上下する。

「ほれ、払いましたで。あとはあんさんが取り出してや」

あまりのことに、怒りなど吹き飛んでしまったようだ。亭主は真っ青になって喉をさすっている。

「出てきたらちゃんと洗うんやで。ばばっちいからな」

「お、覚えてやがれ！」

こんな得体の知れぬ男には、関わらぬが吉である。亭主は分かりやすい捨て台詞を残し、逃げるように去って行った。

「はん！　お伊勢、塩撒《ま》いてやんな！」

「はぁい。彩さん、何事もなくてよかったねぇ」

よくはない。債主がよりたちの悪そうな男に変わったというだけだ。

「ほんま、お彩はんが無事でなによりや」

そう言って、右近は含みのある微笑みをこちらに向けた。


「ほら、ここですわ」

日本橋人形町。右近が立ち止まった店の看板を、お彩はおそるおそる見上げる。『春永堂《しゅんえいどう》』という金箔押しの文字が燦然と輝いており、小豆《あずき》の炊けるにおいが往来にまで漂い出ている。その香りにつられたように、身なりのいい女がするりと店の中に入って行った。

「本当に、上菓子屋だ」

「だからそう言うてますやろ」

どこに連れて行かれるのかと気を張っていたものだから、ほっと肩の力が抜けた。右近がくすくすと笑っている。この男が声を出して笑うのを、はじめて聞いた気がした。

「話は通してありますから、裏から入りましょか」

それにしても間口六間《けん》はある、立派な店だ。もちろん食べたことはないが、『春永堂』の名前ならよく知っている。鈴木越後や金沢丹後といった名店とも並び称されるほどの菓子屋である。その店の主と懇《ねんご》ろとは。

「あなたはいったい、何者なんですか」

裏口へと回りつつ尋ねてみる。右近はもう、上っ面の笑顔に戻っている。

「なんのことあらしまへん。同郷もんゆうだけで、江戸では仲良うなりますねや」

この男はべつに、悪い人ではないのかもしれない。それでも信の置けぬことに変わりはない。油断せぬよう気を引き締めて、お彩は勝手知ったる様子で裏口の板戸を開ける右近の後に続いた。


応対に出た女中に用向きを伝えると、すんなり奥の間へと通された。

作業場は技術を盗まれないためと衛生のために、職人以外は立ち入り禁止なのだという。菓子作りの参考にするためか奥の座敷に面した庭には四季折々の草花が植えられて、色づきはじめの紅葉葉《もみじば》が、ちらちらと木漏れ日を降らしていた。

先刻の女中が、静々と煎茶を運んでくる。緑色の茶を飲むのもお彩にとっては贅沢だ。ほのかな苦みを舌に乗せ、添水《そうず》の音など聞いていると、まったく別の世界に来てしまったような心地がする。

私、なんでここにいるんだっけ。根本を見失いそうになった。

「いやはや、どうも。お待たせしてしもうて」

しばらくすると右近と同じ上方訛りの男が、蒔絵《まきえ》の重箱を手に入ってきた。おそらく春永堂の主人だろう。見たところ三十半ばとまだ若いが、どうも疲れている。頬は削げ、目の下にはくっきりと隈《くま》が浮いていた。

「永《えい》はん、まいど。首尾はどうでっか」

「嫌味言いなや。わての顔見たら分かるやろ」

このやり取りからすると、右近とは本当に親しいようだ。

「選定会まであと十日しかないゆうのに、考えれば考えるほどよう分からんなってしもてなぁ。夜も満足に寝られんわ」

これはそうとう行き詰まっている。春永堂は深いため息をつくと、お彩にすがるような眼差しを向けてきた。

「右近はんから、話は伺うてます。お彩はん、この度《たび》はどうぞよろしゅう」

まさか菓子についてはずぶの素人のお彩を、これほど丁重に迎えてくれるとは思わなかった。お彩は顔の前で手を振った。

「いえ、そんな。私なんて、お菓子もお茶も詳しくはありませんし」

「それでも右近はんの連れてきはったお人なら、話を聞くだけの値打ちはありますよって」

驚いた。思いのほか、右近は信用されている。そっと横目に窺うと、当の本人に「なんやねんな」と睨《にら》まれた。

「正直、言いかたは悪いけども藁《わら》にも縋《すが》りたい気持ちですわ。せやし、忌憚《きたん》のない意見を聞かしてください」

春永堂はそう言って、膝先に置いた重箱の蓋を取る。すっとそれを差し出され、お彩は思わず「わぁっ！」と華やいだ声を上げた。

中に入っていた菓子は三種。紅緋、黄蘗、薄萌黄《うすもえぎ》の三色を朧《おぼろ》状にこんもりとまぶしたもの。薯蕷饅頭《じょよまんじゅう》に栗の焼き印を押し、紅葉型の羊羹《ようかん》をあしらったもの。黄丹色《おうにいろ》の、柿を模《かたど》ったもの。どれもこれもお彩の目には珍しく、美しい。

「ひと通り、講釈さしてもらいます。この三色のはきんとんゆうて、色つけて網で濾《こ》したそぼろ餡で餡玉を包んだものどす。薯蕷饅頭は見ての通り、中は栗餡になっております。柿は求肥《ぎゅうひ》、中は漉し餡どす」

これらがすべて、食べ物だなんて信じられない。棚に飾って、いつまでも眺めていたいくらいだ。

「どうぞ、味見しておくれやす」

「えっ、そんな。もったいない」

春永堂に菓子を勧められ、うっかり本音が洩れてしまった。

「せやけど、食べてもらうために作ってますんで」

それもそうだ。苦笑いはしているものの、春永堂に気分を害した様子がないのは幸いである。

「ええっと、では、思い切って」

懐紙と黒文字《くろもじ》を手渡され、お彩はこの美麗なるものを腹の中に収める覚悟を決めた。

まずはきんとんから。黒文字を入れると餡玉の黒紅色が覗き、切り口までが美しい。軽く躊躇《ためら》った後に口に入れ、そのとたん、舌が吹き飛ぶのではないかと思った。

「お、美味しい！」

気づけばそう叫んでいた。こんな旨い菓子を食べたのははじめてだ。上品な甘さが舌の上でするりと溶けて、花の香りのごとく広がってゆく。まるで初恋の記憶が呼び覚まされそうな、夢心地へと誘われる。

行儀が悪いと知りつつも、我慢できずにすぐさま薯蕷饅頭をひと口。柔らかくて粘り気のある皮に、ねっとりと仕上げられた栗餡がたまらない。

中の餡をほんのり透かした柿の求肥は、大福餅よりずっと薄く、そのくせもっちりとした弾力がある。

「よかった、気に入ってもらえたみたいやね」

気に入るもなにも、この菓子を受けつけぬ者などいない。誰よりも、春永堂本人がよく分かっているくせに。職人としての自信がしたり顔に表れている。

「すみません。本当に、どれもこれも美味しくて」

ついつい貪《むさぼ》るように食べてしまった。この三種、味は甲乙つけがたい。だが見た目で選べというならば――。

「私はこの、きんとんがいいと思います」

なんといっても色合いが素晴らしい。紅葉の葉の、色の移り変わりを表しているのだ。隣で様子を見ていた右近が、「せやな」と頷いた。

「やっぱり『錦秋』は綺麗やもんな」

「せやけど、目新しさがあらへん」

「それやなぁ」

右近と春永堂が腕を組んで同時に唸《うな》り、お彩は目を丸くした。この雅やかな菓子が、ありふれていると？

聞けばこのきんとんは、「錦秋」の名で毎年秋に春永堂の店先を飾っているそうだ。しかも上菓子の意匠としては、特別珍しくもないという。生まれも育ちも庶民のお彩は、ただただ仰天するばかりである。

「紅葉の羊羹散らしてみたり、寒天で艶出してみたりもしたんやけども、ごてごて飾るのもスイやない。もういっそ、紅葉から離れたほうがええんやろか。秋らしい色ゆうたら、他になにがありますやろ」

「秋の色、ですか」

だんだん見えてきた。自分がここに呼ばれたわけが。春永堂は、閃《ひらめ》きに繋がるきっかけがほしいだけなのだ。

「今度の選定会は、うちの店にとっては勝負ですねや。これが取れるか取られへんかで、評判ががらっと変わってくる」

それほどの規模の茶会。春永堂の物言いからすると、そんじょそこらの商人が開くものではないのだろう。

「いったい、どこの茶会なんですか」

答えはなんとなく見当がついた。誰が聞き耳を立てているわけでもないのに春永堂は周りを見回し、声を潜《ひそ》めた。

「千代田ですわ」

やはり。「奥ですか？」ともう一歩踏み込んで聞いてみると、春永堂は曖昧に笑い返してきた。

間違いない。千代田のお城の、大奥だ。ならば皆、ひと通りの教養はあるはずだ。秋の色、秋の色。お彩は凄まじい勢いで、頭の中の色見本をめくり続ける。考えろ、考えろ。はっと目を引き、なおかつ高貴な女性にふさわしい色。

たとえばそう、紫！

「見えた！」

思いつきの嬉しさに勢い余り、お彩は隣に座る右近の膝を叩いていた。

五

穴蔵のような裏店に吹き込む隙間風が、だんだん冷たくなってきた。建てつけの悪い戸が、がたがたと音を立てて揺れている。夕方から雨になるのだろうか。雨が降るごとに、秋が深まってゆくのを肌で感じる。

寒くなるとなにかと物入りだ。薪炭の減りは早いし、できれば厚い綿入れがほしい。だがお彩は薄っぺらい綿入れを、ちくちくちくと縫っていた。

鉛色の着物は、辰五郎のものである。仕事で縫い物を受けていると、自分たちの冬支度が出遅れがちになる。

辰五郎はといえば、例の居酒屋の一件からやけに大人しい。さすがに己を恥じているのだろう。酒のことなど忘れたように、一日中うつらうつらと過ごしている。

戸板ががたごととひときわ高く鳴った。それでも辰五郎は目覚める気配がない。顔を振り向けると、戸がうっすらと開いている。その隙間から白い手が、こちらに向かって手招きをしていた。

お彩を呼びにきたお伊勢の後について香乃屋に赴くと、瑠璃紺《るりこん》の綿入れを着た右近が涼しい顔で座っていた。この男には、青みの入った色が似合う。

「どうでしたか？」

挨拶もそこそこに、気になってしょうがなかったことを尋ねた。昨日の夜あたりからそわそわして、何度か針で指を突いている。

春永堂の主に会ってから、ちょうど十日。選定会は昼前に終わったはずだ。

「はて、なんのことどすやろ」

わざとらしくとぼけてみせる右近が忌々しい。その膝元には、蒔絵の重箱が置かれている。

「さては、うまくいったのね！」

右近の表情を読み取り、お伊勢がひと足先に浮かれ声を出した。右近は言葉には出さず、にんまりと笑い返す。

「やったぁ！」

おかみさんが飛び上がる。お彩の手を取って跳ね回るものだから、こちらもつられてぴょんと跳ねてしまった。まるで我がことのように嬉しい。春永堂は、勝ったのだ。

「つきましては新作菓子『菊重《きくがさね》』を、皆さんにも食べてもらいたいゆうて、永はんから預かってきましてん」

そう言って、右近が重箱を畳の上に滑らせる。それに引き寄せられるようにして、お彩、お伊勢、おかみさん、奥から出て来た香乃屋の主人までが、店の間で車座になった。

もったいぶった手つきで蓋が開けられる。そのとたん重箱から、光が放たれたように思えた。

「わぁ、綺麗!」

お伊勢とおかみさんの声が揃う。お彩も実物を見るのははじめてだ。息を呑み、しばし見とれた。

白と紫、二色のそぼろ餡を用いたきんとんである。高貴な女性の茶会と聞いて、お彩の頭に浮かんだのは、襲《かさね》の色目の取り合わせだった。公家によって定められた、季節ごとの色の配合である。

その中では白と紫、正しくは淡紫《うすむらさき》の取り合わせを、菊重という。早霜が当たって紫に変わった白菊の色を表しているそうだ。なんとも格調高く、すっきりとした色目である。それでいて、そこはかとなく色香が漂う大人の色だ。

「きっと、ご上臈がたにも気に入っていただけると思うんです」

春永堂の奥の間で、お彩は目を輝かせて訴えた。なにより自分がその色合いの菓子を見てみたかった。

「白と、淡紫どすか。たしかに綺麗ですやろな」

お彩の案を聞いて、春永堂はむむむと唸る。すぐに食いついてこないあたり、これではまだ弱いのだろう。お彩は目を瞑《つむ》り、こめかみを揉んだ。

どのくらいそうしていたのだろう。傍観に厭《あ》きたらしい右近が、お彩と出会ったときの話を春永堂にしはじめた。

「富士の色が赤い、ゆうて騒いではるから、なにごとや思いましたわ」

やかましい。できることなら忘れてほしいものだ。

それにしてもあの赤富士は、本当に許せない。初摺のぼかしの具合は、見る人が見れば驚嘆するはずだ。できることなら今売れているという赤富士の横に並べてやりたい。あの有明《ありあけ》の、光の移ろいときたら――。

瞼《まぶた》の裏でなにかがきらりと光った気がした。息を詰め、その一点に意識を凝らす。炙り出しの絵のように、だんだん浮かび上がってくる。

柔らかな朝日を受けて、水晶の輝きを見せているのは早霜だ。色の変わりつつある白菊に、薄化粧を施している。

白と淡紫が、光に透かされていた。綺麗だ。この景色のままを、お菓子に写し取れたらいいのに。

そう思ったときにはもう、お彩はぱっちりと目を開けていた。


右近が懐紙に「菊重」を取り分けそれぞれに配っている。

見れば見るほど、お彩が春永堂に伝えた景色、そのままだ。白と淡紫の色合いが、霜が下りたように霞《かす》んで見えるのはぼかしの技である。

そぼろ餡の紫をひと色ではなく、白との合わせ目に向けて徐々に淡くしてもらった。おそらく春永堂は絶妙の色合いに仕上げるべく、試行錯誤を重ねたのだろう。

押し頂いて眺めてしまうほどの、宝玉のごとき出来映えだ。

「信じられない。これが菓子だなんてねぇ」

「ひぃ、ふぅ、みぃ。一つ余るんじゃねぇか?」

「んもう、お父つぁん意地汚いわね。辰五郎さんのぶんに決まってるでしょう」

気を回してくれたのは、右近か春永堂か。辰五郎の目にも、この美しい菓子を見せてやりたかった。「なんだこりゃあ。世の中にはとんでもなく美しいものがあるんだなぁ」と、子供のようにはしゃいだに違いないのに。

辰五郎の目は、もう治ることはないのだろうか。治らないにしても、酒以外に生きる喜びを見出せやしないものだろうか。

「お彩ちゃん、なに見とれてんだい。自分で案を出した菓子だろう」

ぼんやりしていると、おかみさんに背中を叩かれた。

「早く食べましょうよ」と、お伊勢が待ちくたびれている。

抹茶などという高級なものはないが、香乃屋の主人が煎茶を淹《い》れてくれた。春永堂はご丁寧にも、黒文字まで右近に持たせていた。

「なんだか切っちまうのがもったいない気がするねぇ」

ためらうおかみさんを尻目に、お伊勢が「菊重」をひと口大に切り分ける。その切り口にまた、「わぁ!」と歓声が上がった。

中の餡玉は、梔子色の栗餡だ。それを真っ白な求肥で薄く包み、二色のそぼろ餡を載せてある。朝の光が薄膜を透かし、菊花を照らしているという見立てである。

「まさか、切り口までこんなに綺麗だとはねぇ」

おかみさんがお伊勢の手元を覗き込み、ため息をつく。きっと今日の選定会でも、奥女中たちは感嘆の声を洩らしてくれたことだろう。

自分の見立てた色が、高貴な方々にまで認められた。抑えようのない胸の高鳴りに、お彩は頬を上気させていた。

「永はんが、近いうちにお彩はんに礼をしたいと言うてましたで」

夢中で食べはじめた香乃屋の面々をにこにこと眺めながら、右近が感謝の言葉を伝えてくる。なんとも面映《おもは》ゆく、お彩はうつむきがちに首を振る。

「いいえ。私もいい経験になりました」

まさかこのような形で、人の役に立てるとは思わなかった。色の見立ては、身に着けるものに限らない。この世の中は、ありとあらゆる色に溢れているのだから。

「約束の銀五十匁も、永はんが出してくれはるそうで」

もうしばらく喜びに浸っていたいのに、右近がきな臭い話を持ち出してくる。途方もないことである。

「まだ言っているんですか。そんなにいりませんよ」

まったくこの男ときたら、油断するとすぐこれだ。それを言葉通りに払おうとする、春永堂もどうかしている。

「せやけど茶会の主菓子に決まったことで、永はんの懐にどんだけ入ると思ってますのん」

「そりゃあ、作ったのは春永堂さんですし。私は案を出しただけです」

「それをひねり出すんがどれだけ難しいか。しかもきっかけどころやない、この菓子の見た目は一から十までお彩はんの言うたとおりやないか」

「だったら、右近さんに借りているぶんだけ頂戴します」

この話はこれまでとばかりに、ぴしゃりと言い返す。右近はやれやれとばかりに肩を縮めた。

「はぁ、欲のないことで」

欲ならある。まだ誰にも言ったことはないが、摺師辰五郎の仕事場を、再興したいと思っている。目が見えぬままでも優れた右腕さえいれば、弟子の指導はできるだろう。

問題は、当の辰五郎にその気がまったくないことだった。

「お彩ちゃん、食べないの？」

おかみさんに促され、お彩ははっと我に返る。そうだ、いくら美しいといっても、菓子は食べるためにあるのだ。

お彩は「菊重」に黒文字を入れ、切り口を楽しんでから口に入れる。

あまりの旨さに、舌がはじけ飛ぶかと思った。

味のわからない男

中村航

ぐぐっ、と寄ったカメラが、岩上《いわがみ》の目元に照準を合わせた。

「美味しすぎて止まりません。……箸《はし》も、……涙も」

セリフ終わりの表情をしっかり保ちながら、岩上は一、二、と時を数える。眦《まなじり》にはもう充分にそれが溜まっている。

ティアドロップス――。

大きな涙の粒が、岩上の右目からぽろんとこぼれ落ちた。涙滴は尾を引く流星のように筋を作り、やがて左の一筋も追随する。

ごちそうさまでしたは声に出さず、唇を小さく動かすだけだった。まるで恋人の耳元に、愛を囁《ささや》くように。世界の片隅で飛び立とうとする、ハチドリの羽ばたきのように。

「はーい！　オッケーです！」

ファンにもらった水滴柄のハンカチを、ジャケットのポケットから取りだし、濡れた目元にそっと押しあてた。気を抜くな。まだカメラが回っていることだってある。

「最高、ガンちゃん！　今日もいい絵もらったよ。ホント最高！」

Hテレビのプロデューサーが近づいてきて、岩上の肩を後ろからむにむにと揉んだ。わざとやっているのか、と思うほど、彼の振る舞いは、バブル期に典型とされたテレビマンのそれに近い。

「ありがとうございます。本当にこの餃子、涙がでるほど美味しくて」

岩上はハンカチを折りたたみながら言った。実際、その餃子は美味しかったのだ。

「あ、そう？」

Iプロデューサーは、岩上の肩をまたむにむにと揉んだ。それから耳元に口を寄せて、小声をだした（小声と言っても、周りのスタッフには充分、聞こえている）。

「泣いちゃえば、なんだっていいんだって」

「……いやいや、そんな」

苦笑いする岩上の前で、Iプロデューサーは、むははは、と笑った。

「やっぱ最高だよ！　ガンちゃんの泣きレポ最高だって！」

「……ありがとうございます」

まあ、正直なことを言えば、餃子は普通に美味しかったけど、もちろん泣くほどではなかった。そもそも舌も育ちも普通である岩上は、たいてい何を食べても、普通に美味しいと思うばかりで、細かい味の機微だとか、そんなものはわからない。だけどどちらにしても、泣くのは変わらない。たとえ餃子の中身が生焼けだったとしても、皮が焦げついていたとしても、泣く。どんな食レポでも泣きのガンちゃんを完全に演じきる。アイドル崩れの岩上がテレビに出ていられるのは、この泣きキャラのおかげなのだ。

長い低迷生活を経て、ようやく摑んだこのチャンスを、絶対に逃すわけにはいかない。

「それじゃあ、ガンちゃん、泣きレポまたヨロシク!」

岩上の肩をばんばん叩き、Iプロデューサーは去っていった。

低迷するテレビ業界において、彼は救世主とも言われていた。演出が古い、などと揶揄《やゆ》されながらも、彼の企画は実際に高視聴率を叩きだす。岩上の『泣きレポ』もなかなか数字がとれるらしく、この数年、何かと声をかけてもらっている。

感じのよい微笑みを作り、岩上は立ちあがった。ありがとうね、おつかれさま、などとすれ違う全ての人に笑顔で声をかける。誰がどこで見ているのかは、わからないから、オンの間は完全に良い人を演じきる。

ロケ先の店では丁寧にお礼を言って、請われれば喜んでサインや握手をし、写真撮影にも応《こた》えた。身内やスタッフにも感謝やねぎらいの言葉を忘れず、爽やかに接した。特段の才能もなく、テレビの世界では凡庸なビジュアルである自分にできるのは、そういうことくらいしかない。

名前からして売れなそうな五人組アイドルグループ『絶艶隊Ω《ぜつえんたいオーム》』にいたころも、四番人気の地味なメンバーだった。そもそも『絶艶隊Ω』自体、さほどの人気があったわけではない。一番人気のメンバーが卒業して『超絶艶体Ω』になってからは、三番人気に繰り上がったが、グループの人気自体が下がった。

グループが解散してからも、俳優や歌手やモデルの仕事があるわけではなかった。地上波のテレビなどは遥か遠く、事務所からおこぼれのような仕事をもらっていたが、やがてその事務所からも見捨てられた。

どうしようもない生活を長く送っていた岩上の転機を作ってくれたのは、今の婚約者である平井《ひらい》だ。

彼女は『絶艶隊Ω』のファンだったという珍しい経歴の持ち主で、しかも岩上のことを推していたというレアな女子だ。さらに『超絶艶体Ω』になってからの楽曲が好き、という日本で数人なのではないかという特殊な好みをしている。

大手芸能事務所で働いていた平井は、その事務所と岩上を繋いでくれた。そして自ら献身的に各所に働きかけ、ついにはテレビの仕事までも回してくれるようになった。

地味なアイドル時代のダメ話と、その後のどん底エピソード。平井が考えてくれた話を、そのまま忠実に話すと、いくつかの番組で面白がられた。だがそれも一周してしまうと、中身のない岩上はすぐに飽きられてしまった。

仕事が途切れがちになったとき、何の脈絡もなく、たまたまグルメレポートの仕事が入った。気の利《き》いたコメントを言えない岩上にイラついたディレクターが、泣いてみれば？　と、投げやりに言った。

泣く……？

アイドル時代の岩上は、ステージ上でも、カメラの前でも、解散が決まった時ですら、泣いたことがなかった。考えてみれば、最後に泣いたのがいつなのかもわからない。だけど長いどん底生活が、岩上の涙腺を知らず知らずのうちに、緩くしていたのかもしれない。

久しぶりの涙は、次から次へあふれ出た。美味しいです、と、岩上は泣きながらラーメンを啜《すす》る。そしてその姿は、観る者の心を打った。

偶然生まれた岩上の〝泣きキャラ〟だったが、平井はチャンスと捉え、各局に猛烈に売り込んだ。レポートの現場で、岩上は平井に言われた通り涙を流した。やがて泣きのグルメレポーターとして、岩上は人気者になった。

この人気も、この立場も、この収入も、岩上にとってはとてつもなく心地が良かった。絶対に失いたくないものができ、岩上は仕事場での態度を一からあらためた。若い頃とは違い、自分には中身がないことを充分にわかっている。だから平井を離してはならない。平井は岩上に対して献身的なうえ、優秀な女性だ。中身のない岩上の中身をプロデュースし、料理のうんちくをレクチャーし、岩上の子供の頃のエピソードさえ考えてくれる。雑誌の取材などの受け答えも、実はほとんど平井がこなしている。

それから何年か経った。

ブレイクしたのは岩上だけではなく、優秀な平井も出世を重ねていた。岩上以外のタレントも成功させ、今や事務所の幹部格となった彼女の興味は岩上から離れ、自社でデビューさせるアイドルグループへと向き始めている。

「ありがとう、ここまで来られたのは、君のおかげだ」

ティアドロップス——。

岩上は涙をこぼしながら、平井にプロポーズした。

最初は戸惑っていた平井だが、最後には承諾してくれた。結婚する時期は、一年後か二年後くらいにしよう、と、二人は約束した。

岩上としては結婚はなるべく先にひっぱりたいが、でもまあ、いずれするのは構わない。平井さえいれば、自分の人気も立場も仕事も収入も、安泰なのだ。

それに平井のことを好きという気持ちもある。たいていのものを美味しい、と感じる岩上だが、それは食べ物だけの話ではなかった。

＊

「おつかれさまです、岩上さん」

「おお、おつかれ、オッチー」

ロケバスに戻る途中、マネージャーの落合《おちあい》が眉毛をへの字に折って話しかけてきた。

「実は先ほど、仕事が入りまして。というか、入ったんですけど……」

何か言いづらいことなのか、落合は口もへの字にさせている。

「どうしたの？　どんな仕事？」

「明日の朝から夜までに、八本撮りだそうです。もちろん断ってもいいんですけど」

落合は首をすくめながら、こちらの出方をうかがうように話す。

「予定してたAさんがドタキャンしちゃったらしくて。もしもスケジュールが合えばってことなんですけど……。岩上さんのスケジュールを調整すれば、可能っちゃ可能なんですよね。わたしとしては、受けていただければと……」

こういう仕事の入り方は気持ちのいいものではなかった。しかもAの代わりというのが気に入らない。Aといえば最近女優のHと付き合いだしたこともあって、ドラマでもバラエティでも今が旬のタレントだ。

「どうしたの、Aは？」

「それが……、まだオフレコなんですが、明日どうも記事がでるらしくて」

「スキャンダル？」

「そうみたいですね」

ふうん、と思った。せっかく最近、旬なタレントになったのに、もったいない。

「それで、ちなみにそれは、どこの仕事なの？」

「地方の番組でして……」

八本撮りと聞いた時点でローカル局の制作だというのはわかっていた。予算のある番組ではない。問題は、ロケ地がどこかだ。

「富山ロケです。とやまっこTVの、朝の番組のワンコーナーで」

「……富山か」

何かこう、福岡の中洲とか札幌のすすきのとか、そういう心が躍る感じの場所ではない。

「すみません、富山です。しかも朝も早いので、前ノリが必要で、向こうのディレクターは、一緒に飯でも食べながら打ち合わせできないか、って言ってまして……、プラス、可能なら居残りできないかって。ロケが長丁場になるらしくて」

なかなかハードな日程だった。今日中に富山に移動して打ち合わせをし、明日は八本ロケをこなして、また富山に泊まる。つまり二泊三日の仕事ということになる。

「だけど、確か今夜って、こっちで打ち合わせがあったよね？」

「ええ、ネット番組の打ち合わせがあります。なので、もし移動するとしたら、最終の新幹線になると思います。向こうで会食、ってのは無理かと……」

「そうか」

降って湧いたようなオファーで、良い条件というわけでもなかった。ただワンチャンあるかないかと言えば、あるほうではないだろうか……。様々なパターンをシミュレートした岩上は、最後に難しい顔を作って、落合に向き直った。

「じゃあさ、わかった。ここはオッチーの顔を立てるよ」

「え？」

「まず、こっちの打ち合わせはオッチーに任せるよ。それで今夜はおれ一人で富山に入って、先方とは話しとくわ。明日の段取りはしっかり自分で入れとくから。それでオッチーは朝一に来てくれればいいから」

「いいんですか!?」

落合が目をぱちぱちさせながら、岩上の顔を覗いている。

「今夜の打ち合わせって、いつものでしょ？　そっちはおれが行かなくても大丈夫だよな？」

「そうですね！　大丈夫だと思います」

「ただささ、オッチー」

声をひそめる岩上に、何でしょう、と落合が眉根を寄せる。

「Aの代理なんてホントなら失礼な話でさ、しかも前ノリ居残りの八本のロケなんて、こっちはすっげー無理して行くわけだよ」

「ええ、ええ。もちろんです。本当に申し訳ないです」

「いや、オッチーは、悪くないんだけどさ。先方も、ちょっとはさ、おれもほら、楽しく飲みたいしさ。そのうえで気分もアゲて、良い仕事ができれば、お互いワッショイなわけだしさ」

「……はい」

何のことでしょう？　という感じに落合の眉毛は、再びへの字を描く。

「だからさ……、ちょっと、まあ、今日の夜なんかはさ、例えばだよ？　ちょっと、たまには富山美人なんかとさ、一緒に飲んだりすれば、ほら、おれも気分がいいわけじゃん」

「ああ、ああ！　それはお任せください。先方にしっかり頼んどきますよ！」

落合は嬉しそうな表情で声をあげた。

「いや、けどオッチーさ。それは、あくまで、おれが言ってるわけじゃなくてさ」

「わかってます、わかってます。もちろん、わかってます！　僕が僕の考えで、先方にうまいこと頼んでおきます。だって岩上さんが無理して仕事を受けてくれたんですから。向こうだって、そりゃあ、それなりに、ねえ」

「ああ、そりゃ、そうだよな」

「ありがとうございます！　じゃあ岩上さん、すみませんが、よろしくお願いします！」

落合は上機嫌だったが、実のところ岩上の心も浮き立っていた。

＊

東京駅から二時間強、新幹線が開通してからの新しい富山駅は今回が初めてだった。

改札を抜けると、吹き抜けのような広いスペースがあって、ガラス窓一枚隔てた向こうに、路面電車が乗り入れている。現代とミッドセンチュリーが混在したような空間が、新鮮で気持ちがいい。

早く着きすぎた岩上は、落合が押さえたホテルにチェックインし、シャワーを浴びた。すっきりした体で、これから始まる富山の熱い夜に期待しながら、ホテルを出る。『ここに行ってください』と、落合から届いたメールに従って、マップを見ながら店に向かった。

富山湾の魚と地酒が旨いらしい居酒屋『御袋《おふくろ》』の前に、ひょろりとした青年が一人、無表情で突っ立っていた。目が合うと、男は軽く会釈《えしやく》した。

「はじめまして、とやまっこの中里《なかざと》です」

とやまっこの中里、という男は、普通ではなかった。いやそうではなくて、どう考えても普通の男なのに、普通ではない感じが伝わってくる。

どういうことだろう、と、中里に付いていきながら考えていると、一つ気付いたことがあった。

この男には特徴がないのだ。顔にも、髪型にも、背格好にも特徴がない。服装にも、喋り方にも、仕草にも、何も特徴を感じない。年齢は岩上より一回りほど下だろうか。いや、もっと下かもしれない。特徴がないからわからない。

『御袋』に入ると、店の一番奥に並んだ個室のひとつが用意されていた。料理はお任せで頼んであるようで、テーブルには早くも前菜が並ぶ。

「岩上さんと食事するなんて、とても緊張します。今までいろんなものを食べてこられたんでしょうね」

丁寧に言いながらも、中里に緊張の様子など微塵《みじん》もなかった。

「いやいや。僕はね、実は、味なんてわからないんですよ」

にっこりと笑いながら、岩上は言った。

「はあ」

中里がぼんやりした返事をした。

……ん？

グルメレポーターという、一種の食の専門家が、味がわからないと発言する。大抵の人間は、このつかみで、え？　と驚くか、いやいやと否定してくれるところなのだが、中里の表情は一切、変わらない。岩上は説明を加えた。

「僕の食レポにはさ、どんな味とか、どんな食感とか、甘いとか辛いとか、そんなこと視聴者は一切、期待してないの。美味しすぎて泣く、泣くほど旨い、ただそれだけ。その期待に全力で応えるだけ。幸いこっちはね、大抵のものを旨いって感じる凡人の舌だから、そのほうが都合がいいんだよね」

「はあ。岩上さん、何飲みます？　地酒にしますか？　富山は水が奇麗なので、酒蔵も多いんです。僕はコーラで」

「……じゃあ、ビールにしようかな」

中里にこの話はやめることにした。まあ、中里は中里で、特徴のない凡たる人生を送っているのだろう。それはそれで構わない。

「……それで、これからどんな感じで行く？　まだ十九時だから、夜は長いけど」

「ええ。これから、明日のロケの打ち合わせをお願いします。二時間はかからないかと思います」

「打ち合わせは、中里くん一人？」

「はい、そうですね」

生ビールとコーラが運ばれるなか、岩上の心に疑問が芽生えた。落合はちゃんと大切なことを伝えたのだろうか。そしてこの中里という男は、それを正しく理解しているのだろうか。

「ひとまずこの店では、打ち合わせだから、あまり飲まないほうがいいよね？」

「はい。助かります」

無表情で答える中里が、自分のコップにコーラを注いだ。黒い液体がコップを満たすように、岩上の心も不安で満ちていく。

「二軒目も用意してあるので、お酒は、そちらで楽しんでいただければ」

なるほどなるほど、と、岩上は気を取り直した。二軒目というのは、もしかしたら、綺麗どころが揃った夜の店なのかもしれない。

「こっちで人気のダイニングバーなんですけど、岩上さんのホテルからも近いですし、そちらで」

「ダイニングバー？」

「はい」

「それは、僕ら二人で行く感じなのかな？」

「はい、すみません。上の者は、今夜、誰も来られなくて」

「いや、それはさ、それは全然、構わないんだけど……」

岩上の心に積もっていった暗黒を、次の中里の言葉がブレイクした。

「それであの、落合さんから連絡があって、何でも岩上さんが、どうしても富山美人と飲みたいということで……」

あのバカが！　と思ったが、それより話の続きが気になった。

「いや、おれはそんなこと言っていないけどね。まあ、話の流れでそんな冗談を言ったかもしれないけど」

「あ、冗談だったんですか？」

「いや、それはまあまあ、冗談というか……、なんというかね」

「あの、それで実は一人、こっちの地方タレントの若い子で、来たいって言ってる子がいるんですよ。ただ、それが……」

中里は何やら言いよどんでいる。

「美人っていうより、可愛い系で……。可愛いんですけど、美人かって言われると、それはどうなのかなと思って」

「何言ってんのよ、中里ちゃん！」

思わず声が大きくなってしまった。

「いいって、いいって。せっかくだからさ、みんなで飲もうよ。二軒目に来るの？」

岩上は前のめりになって訊いた。

「いえ、まだ、ちゃんと伝えてはないんです。凄く可愛いんですけど、美人系ではなかったので……」

「それはいいってばさ。呼んじゃいなよ」

はあ、そうですか、と頷《うなず》いて、スマートフォンを取りだす中里に、何なんだこいつは、と思った。だがまあ、よかったよかった、と、ようやくビールに口をつける。

＊

たいして味のわからない岩上でも、『御袋』の料理は確かだとわかった。朝とれた、きときとの海の幸をいただきながら、明日のロケについての打ち合わせを進めていく。

店の忙しい時間を避けてのロケだから、食べる順はおかしなことになっていた。

一、ブラックラーメンの有名店で、元祖『富山ブラック』を。
二、富山タウンを散策しながら、水辺のカフェで『季節のスイーツ』。
三、富山駅構内の行列ができる店で『白エビの刺身丼』を。
四、レトロな散策路にある和菓子屋で『三角形のどら焼き』。
五、老舗《しにせ》の寿司店で『ホタルイカの握り』をいただく。
六、「くすりの富山」ということもあってか『薬膳料理』のディナーコース。
七、最後は地元の人たちで賑わう居酒屋で、定番の『白エビのかきあげ』。
八、以上の店を巡る間に、街頭で『ます寿司』の弁当を一般の人と一緒に食べる。

ある程度、事前にイメージしておいてほしいということなのだろうが、この仕事をドタキャンしたAには必要な打ち合わせだったのだろう。だが〝泣き〟という武器がある岩上の食レポには、実際のところ打ち合わせなど必要ない。一本の番組で八泣きはちょっとくどいが、朝のコーナーで八回に分けて放送するのだから、まったく問題はなかった。毎朝、とびきり上等な涙を、富山の視聴者に見せればいい。

「あ、白エビってのはこれか」

「そうですね」

テーブルに出された白エビを岩上は見つめた。箸の上にこんもりと載せたその集合体を口内に放り込み、ゆっくり静かに嚙みしめる。今は感動の涙を流すことなどないが、明日の三軒目のドロップをイメージする。もちろん泣くほどではないが、確かにこれは美味《うま》い。

それはそうとして、気づいたことがあった。中里は卓上に並んだ料理に、ほとんど箸をつけていない。仕事の打ち合わせがほぼ済んでも、彼はまったく食べる気配を見せなかった。

「中里くん、お腹すいてないの？」

「そんなことないですけど」

好き嫌いが多いのだろうか。

「他に食べたいものがあれば、頼めば？」

「はい、じゃあ」

と言って店員を呼びつけた中里は、チキン串カツを四本と、コーラのおかわりを頼んだ。チキン串カツにコーラ……。

嘘だろう、と思うのだが、若者のすることにいちいち干渉するのも面倒だし、気にしても仕方のないことだ。

「他に何かおすすめってあります？」

注文を取りにきた女性店員に岩上が聞くと、ゲンゲ汁というものを勧められた。

ゲンゲという魚は日本海の深い底に住んでおり、ゼラチン質の身が特長らしい。漢字で『幻魚』と書く、まさに幻の魚だ。

「じゃあ、それお願いします」

届いたゲンゲ汁を早速口にすると、なるほど、ゼリーのようにぷるんとした食感が面白い。

「中里くんもどう？　食べたことあるの？」

「ないです。でも僕は大丈夫です」

チキンカツを無表情でバリバリ食べる中里が、不憫に思えた。

「そのカツは美味いかもしれないけど、それだけじゃ飽きるでしょ？」

「ええ、確かに」

「だったら、ほら、ゲンゲ汁」

「ありがとうございます。でも、僕がそれを食べても、あまり意味がないというか……」

「意味？」

中里がおかしなことを言い始めた。

「岩上さん、さきほど、味がわからないっておっしゃいましたけど、実は僕もそうなんです。でも岩上さんとはちょっと違うんです」

中里はじっと岩上を見た。この日初めて、中里の意見らしい意見を聞いたような気がした。

「実は僕、何を食べても、味がしないんです。味覚障害ってやつで」

中里の告白に、岩上は一瞬、言葉を失った。

「……それは、生まれつきなの？」

「いえ。一年前から、味が全くしなくなって。何を食べても、ゴムを噛んでるみたいな感じで……」

「じゃあそのチキンカツは」

「ゴムです。でも、ちょっとマシなゴムなんですよね」

「ゲンゲ汁は」

「それは、なんでしょうね？　味のないゼリー状のものって」

「旨くはないよな」

「多分、マズいんですよ。めちゃくちゃマズいと思います」

こいつは気の毒だ、と思った。味のない世界という、まさに味気ない世界。それはどういった世界なのだろうか……。

「そうなってしまった理由はあるの？」

「精密検査もしたんですけど、身体的な問題ではないようです。つまり、精神的な問題ってことらしくて」

「……ストレスとか？」

「そう、それです。自律神経です。一年前に彼女にフラれてしまいまして。婚約までしてたんですけどね。他に男が……」

「できたの？」

「はい」

目の前に美味い富山メシがずらりと並んでいた。その中で中里は、チキンカツだけを機械的に口の中に投入する。きっとチキンカツは、彼がこの無味な一年の間で出会うことのできた、信頼のおける数少ないマシなフードなのだろう。

もしも自分が同じ症状になってしまったら、と考えると、怖くなった。味のしないマズい物を食べて、さすがに泣くことなどできない。今のような仕事はもちろん続けることなんてできないだろう。

すっかりしんみりしてしまった岩上は、しばらく口をつぐんだ。しん、としたせいか、隣の部屋の女の声が聞こえてきた。

――先生、この前は抱いていただいて、ありがとうございました。

え……。なかなか刺激的なそのフレーズに、岩上は思わず聞き耳を立てる。

──いいよいいよ。今日も抱いちゃる、抱いちゃる。

──ホントですか？　嬉しい！

どういうことだろう……。あまりにも堂々とした潔《いさぎよ》い会話に、岩上は驚き目をみはった。中里がにやり、と、今日初めて表情らしい表情を見せる。

「……なかなか熱いな、富山は」

岩上は小声で囁いた。

「違うんです、岩上さん。今のは方言ですよ。富山弁」

「抱く、が？」

「はい。『だく』ってのは『奢《おご》る』っていう意味なんです」

「ってことは……」

頭のなかでさきほどの会話を翻訳した。この前は奢っていただいて、ありがとうございました。いいよいいよ。今日も奢ってあげる──。

「そういう意味です」

ほほう、と思った。これは面白い。

食レポ中の素人いじりでもアレンジして使えそうだった。「そこのお姉さん、だいちゃろか？」とか。「おばちゃん、お願い、だいてー」とか。

二人はそんな話をして笑い合った。なんだかんだで二時間が過ぎ、二人は打ち解け始めていた。

「そうだ、中里くん、さっき言ってた、女の子はどうなったの？」

「ああ、ヒロミちゃんですね。ちょっと待ってください」

中里はスマートフォンを取りだし、確認する。

「まだ仕事みたいですね。次の店で合流するよう言ってあるんですけど、念のためもう一度……と」

中里はなかなかの有能さを見せてきた。

「ヒロミちゃんって、どんな子なの？」

「えーっと、この子です」

中里の見せてくれた写真に、岩上は夜の高まりを感じた。いいじゃないか。これはとてもいいじゃないか。

お酒はまあまあ進んでいた。だけど富山の夜は、まだ始まったばかりだ。

＊

ダイニングバー『ゴッドタン』は、ホテルのすぐそばにあった。

中里はそこでもコーラを頼み、岩上はなんとなくテキーラボールというものを頼んだ。それはテキーラをゼリー状にしたスイーツのようなもので、岩上は本当は地酒とかよりも、こういう女の子が好みそうなお酒のほうが好きだ。

ぷるん、としたそれを口に運べば、美味しい、と感じる。だが中里は、このテキーラボールもゲンゲ汁も、同じゼリー状の半凝固物としか感じられない。彼にとってたぶん飲み物では、コーラが一番マシなのだろう。

「中里くんはこの店、よく来るの？」

「味覚があるころはよく来てました。……彼女と」

また婚約破棄の彼女のことを思いださせてしまった。だけど彼は、その話を特に避けている、というわけではなさそうだ。

彼女との思い出の場所だから、今は来ない、というわけではないのだろう。誰だってコーラを飲むために、わざわざバーに行きたくないに決まっている。

岩上は二杯目にウィスキーのソーダ割を頼んだ。またしんみりとし始めてしまったが、せっかく二軒目に来たのに、いつまでもこれではいけない。そろそろ今夜の本題を、気にすることにしよう。

「そうだ。その、ヒロミちゃんだっけ？　どうなったの？」

わざとらしく尋ねる岩上に、中里はスマートフォンを確認した。ここでヒロミちゃんと合流して、ホテルで飲み直して、などというベタな戦略が岩上の脳を桃色に染めていく。

「んー、今、どうも現場が押しているみたいで。明日の夜なら完全に空いているらしいんですけど……。もう一度、確認をしてみます」

中里が連絡をしている間、岩上は桃色の頭で考えた。明日が空いているということならば、今夜のところは、軽く飲むだけになってもいい。自分はこの地に二泊するのだ。

連絡を終えた中里が、思いだしたように言った。

「そうだ。岩上さん。まだ少し食べられますよね？」

「ああ、大丈夫だよ」

「マスター、もう少ししたら、例のやつ、二皿いいですか」

中里がスプーンで何かを掬《すく》うようなポーズをとると、大量の髭《ひげ》を蓄《たくわ》えた熊顔のマスターがにっこり頷いた。中里のサインが伝わったらしい。

「なに？」

「昔は彼女とよく食べてたんです。裏メニューのカレーなんですけど、僕はこれが日本一のカレーだと思っていて。彼女も僕も大好きで――」

あれだけ無表情だった中里が、目を輝かせながら話している。それは思い出のカレーなのだろう。だけど……、と心配になる。

今の味覚障害の中里が食べて、失望してしまわないだろうか。思い出がきれいなぶん、味のないカレーに絶望してしまわないだろうか……。

嬉しそうに語る中里が突然、あれ？　と言った。どうやら着信に気付いたようだ。背を丸めた中里がスマートフォンを耳に当てて、うん、うん、と頷いた。口元を手で押さえて、小さな声で話しているので、何を言っているのかはわからない。

「……すみません、岩上さん」

顔をあげた中里は、また無表情に戻っていた。

「やっぱり、ヒロミちゃん今日、どうしても来られないようで、それで、あの……」

瞬時に落胆した岩上だが、スマートフォンを握ったまま何か言いよどんでいる中里の様子が気になった。

「それで、あの、本当にすいません……。実は、ヒロミちゃんが、せめて電話で話したいって、言ってて」

「なんだよ！　いいよ、もちろん」

慌てて中里からスマートフォンを受け取った。もしもし、と、呼びかけると、あー、と可愛らしい声が聞こえる。背を丸め、声をひそめ、岩上は話す。中里はカウンターから乗りだすように、マスターと話し始める。

「あのー、わたし、岩上さんの大ファンで、今日もホント、凄くお会いしたかったんですよー」

「そうなの？　なに、今日は来られないの？」

「そうなんですよー、この後もまだあるみたいでー」

「今夜はムリでもさ、おれ、明日もまだ富山だよ」

「ほんとですかー」

浮ついた話を、背を丸めて、ぼそぼそと喋った。会話はほとんど岩上の望むように進み、じゃあまた連絡するね、というところまで、驚くほど早く辿《たど》り着いた。だけど本当に驚いたのは、この後だった。

「あのですね、実はわたし、岩上さんに会ったことあるんですよ」

「ええ⁉」

ふふふ、という感じに、ヒロミは笑った。

「岩上さんは覚えてないと思うんですけどー、」

何でも一年くらい前にＣＳの番組の打ち上げで、岩上とヒロミは少し話したことがあるらしい。そのときＬＩＮＥの連絡先も交換したけれど、岩上から連絡が来ることはなかったらしい。

「ローマ字でHiromiってのがわたしです。あのときは、女の子が凄くいっぱいいたから、その中の一人なんて忘れちゃったのかなー、なんて悲しかったんですけど」

「ほんとに？　ごめんごめん。あ、ほんとだ、あったあった」

中里のスマートフォンを耳に当てながら、自分のそれを操作した。Hiromi、Hiromi、と画面をスクロールしながら探すと、確かにLINEの友だちのところに、その名前がある。ストローを挿《さ》した南国の飲み物のアイコンが表示されている。

「へえー、不思議な縁だね。これって……ヒロミちゃん、おれ今さ」

岩上は少し溜《た》めて言った。

「……泣いちゃいそうだよ」

泣く、という言葉を聞いたヒロミが、うきゃあ、と喜ぶ声をあげた。

「じゃあ、ヒロミちゃん。後でここに連絡するね」

「はい、待ってます！」

にやつきそうになるのを必死にこらえ、岩上は通話を切った。顔をあげ、中里にスマートフォンを返す。マスターが目の前から奥へと去っていく。

中里からは何も訊かれなかった。彼女に婚約破棄された彼は、味覚だけではなく、男女関係や異性への興味も失ってしまったのかもしれない。

「岩上さん、カレー頼んだので、楽しみにしててください」

「お、そうか」

浮かれたままの気分で、岩上はウィスキーを飲んだ。グラスが空《から》になったので、同じものをお代わりする。

ヒロミのこともあって、浮き立つような気分だった。富山のことも、中里のことも、この店のことも、すっかり好きになった気分だった。

「おまたせしました」

と、近づいてきた熊顔のマスターが、にっこりと笑った。隣で中里も満面の笑みを浮かべている。

カウンター越しに差しだされたのは、得体のしれない食べ物だった。白いご飯の上に、黒々としたオイルのような液体がかかっている。

「これが裏メニューの、富山ブラックカレーです」

富山名物ブラックラーメンならぬ、ブラックカレーということだった。

濃厚な醤油スープのブラックラーメンは、元々戦後の肉体労働者の塩分補給を考えた料理だったらしく、かなり塩辛い。このカレーもラーメン同様、やはり濃厚で塩辛いのだろうか。

ブラックカレーの見た目にたじろいでいると、隣でただならぬ気配がした。

「岩上さん。今夜は最高に楽しいです。明日のロケも、きっとうまくいくと思います」

スプーンを握った中里が、そのカレーをもりもり食べていた。唖然としてそれを見守る岩上は、ゆっくりと声をだした。

「中里くん……、もしかして、このカレーの味はわかるの？」

「いえ、全然わかりません」

中里はスプーンの動きを止めなかった。

「だけど僕、香りはわかるんです。このカレーの香り、懐かしいです。美味しいです、岩上さん」

彼がカレーを食べる姿を、岩上はじっと見守った。何故だかそれが、とても尊い姿に思えた。

「嬉しいです、岩上さん」

不器用で愚直なこの男は、岩上のように、物事を上手くやりすごしたり、捌《さば》いたりすることができないのだろう。たかが一人の女にフラれたぐらいで、味覚を失ったり、ストレスに沈んだり、そんなのは愚かすぎることだ。彼女の浮気で、自分が決定的なダメージを受けるなんて、間違っている。

だけどいいのだ、と思う。失っても、傷ついても、男は何度だって復興する。男はブラックカレーとともに、何度だって立ちあがる。

自分には今、中里の気持ちが良くわかるのだ——。

スプーンを握った岩上は、ブラックカレーに正対した。たっぷりと溜めをつくりながら、漆黒のカレーライスを時間をかけて口に運んでいく。

ゆっくり、ゆっくりと、その一口を噛みしめた。

探検家が洞窟に、慎重に慎重に入るように――。洞窟の壁をつたって、一センチずつ確かめながら、暗闇の奥へと進んでいくように――。

「……………」

スプーンを握ったまま、岩上は目を閉じ、首《こうべ》を垂れた。

「岩上さん？」

心配する中里の声が聞こえた。

「……ごめん」

周囲の緊張感が、徐々に高まっていくのがわかった。中里や熊顔のマスターだけではない。カウンターの隣に座っていた客や、テーブル席に座っていた客のバイブスも感じる。今、時が止まったかのように、店中が静まり返っている。

「もう……、」

顔をあげた岩上は、口を開いた。

「……美味しすぎて、止まんないよ。……スプーンも、……涙も」

キラキラの涙の粒を二滴、両眼からドロップした。

右の滴《しずく》はこんな美味いカレーをつくってくれたマスターや、これを育《はぐく》んだ富山の風土や歴史への感謝。左の滴は、辛い過去を乗り越え、未来へ歩を進めようとする中里へのエールだ。

「出た！　まさか今日、見られるとは！」

中里がこの日一番の笑顔を見せた。

「え、泣きのガンちゃん⁉」

周りの客も今のパフォーマンスを見て、岩上のことに気づいたらしい。プライベートで大サービスで水滴柄のハンカチで涙を拭うところまで披露した。

このハンカチはなかなか出さない。

「ガンちゃんだ！　ほんとに泣いてる！」

「どうしてここに⁉」

その後、店中の人から握手や写真をねだられた。気持ちよく応える岩上の様子を、中里がにこにこと見守る。すいません、と恐縮する熊顔のマスターに、いいよいいよ、と笑顔を返し、岩上はウィスキーのソーダ割をお代わりする。

気分が良かった。これくらいの人気と知名度と収入が、岩上にはやはり、素晴らしく心地がいい。

自分の仕事は、飯を食って泣くだけでいい。美味いものを食って、きれいに泣く。それで稼げるだけ稼ぐ。

謙虚に頭を下げて、長いものには巻かれ、慎重に自分のポジションを守り、ときどき地方でヒロミのような女と会って、ストレスなく愉快にやってきたし、これからも同じだ。この仕事をドタキャンしたAのように出過ぎてしまうと、この世界では必ず足を引っ張られるのだ。

「今日は本当にありがとうございました」

「こちらこそ、楽しかったよ。あ、この店はおれが、だいてあげようか？」

「とんでもないです！　局からでますので、大丈夫です」

「いや、でも、おれだって中里くんを、だきたいからさ！」

「僕がだきます。だかせてください！」

うはははは、と二人で笑って、ハグを交わす。

「それでは明日の朝八時、お迎えにあがりますので、よろしくお願いします」

会計を済ませた中里が言った。

「了解。明日はどこかで落合も合流するから。おやすみね！」

日付が変わる少し前、ホテルの玄関で中里と別れた。明日の仕事に備えて、早めに寝てしまおう、と岩上は部屋に戻る。

ホテルの部屋着に着替えて、ベッドに寝転がり、ぼんやりとテレビを眺めた。酔っているときの岩上は、いつもころん、と寝てしまうのだが、今日はなかなか眠くならなかった。

思いついてスマートフォンを取りだし、ＬＩＮＥの友だちの画面をスクロールした。辿り着いたHiromiのアイコンをタップして、トーク画面を開く。今までやりとりしたことがないので、画面は当然、真っ白のままだ。

——仕事もう終わった？

なかなか既読がつかないのと、酔っていたこともあって、続けてメッセージを送った。

——まだかなー？

——チラ？（というスタンプ）

——今日は会えなくて残念だったよ。ガンちゃん泣いちゃう(ノД`)ｼｸｼｸ…

——でも明日は会えるね。美味しいもの食べよう！

——もちろん、だいてあげるからねー！

さっき知ったこの方言が可笑《おか》しくて、岩上は一人でにやついた。まだ仕事なのだろうか、と思っていると、たたたたた、と連続して既読がついた。

既読はついたが、返事はなかなかこなかった。やっぱりまだ仕事なのかもしれない。岩上がまたテレビを眺めていると、しばらくしてメッセージが届いた。

――だいてくれるんですか？

少し眠気を感じながら、岩上はメッセージをやりとりした。

――もちろんー、ガンちゃんがガンガンだいてあげるよー

――ありがとうございます。

――ねえねえ、明日は泊まれるんでしょ？

――はい、大丈夫です。

――やったー(^▽^)(^▽^)　じゃあ、また連絡するねー(^▽^)

ふわぁとあくびをするおやすみスタンプを追送し、スマートフォンを枕元に置いた。ＬＩＮＥだと少しノリが重いんだな、とヒロミのことを考える間もなく、岩上は眠りに落ちていった。

＊

時間ぎりぎりに目覚めた岩上は、シャワーだけ浴びると、急いでロビーに降りた。フロントに鍵を預けていると、中里が近づいてきた。

「おはようございます、岩上さん」

「おはよう。今日はよろしくね」

そのままホテルを出て車に乗り込んだ。車は最初のロケ地であるラーメン店に向かう。

朝からブラックラーメンはきついが、全部を食べるわけではなく、口をつけるのは少しだけだ。ロケは八つもあって長丁場だが、今日はその後、ヒロミと会える。

ほどなくしてロケ地に着き、準備のためにスタッフたちが車を降りていった。ロケ車に残った岩上は、スタイリストにテレビ用のメイクをしてもらう。いつもと同じ段取りだ。

「あ、あのスポーツ紙、読んだの？」

スタッフの座っていた座席に、スポーツ新聞が置いてあった。見出しにAの名前が書いてあったので、例の記事が出たのかもしれない。

「読んでないですけど、どうしたんですか？」

岩上の顔にファンデーションを塗りながら、スタイリストが訊いた。

「Aの記事が出てるみたいだからさ」

「あー、聞きました。女性問題みたいですね。それも相手は一人じゃないみたいで。Hさんが激怒しているらしいですけど」

スタイリストの女性は、手を止めずに答えた。

「へえー。なんかAも可哀想だけどな」

「えー、自業自得ですよー」

「まあ、そうかもしれないけどね」

そうだそうだ、と、岩上は手元のカバンに手を伸ばした。

昨日、おやすみスタンプをヒロミに送ってから、スマートフォンを見ていなかった。LINEを確認すると、Hiromiとのトークに未読が五つある。

うきうきしながら画面を見た岩上の手が止まった。想像したものとは、全然違う。

これは一体、どういうことだ……。一体、何が起こっているんだ……。

――激怒しているし、あきれているし、悲しい気持ちでもあります。

04:21。それはおやすみスタンプを送ってから何時間か経った、明け方の四時過ぎに書かれたメッセージだ。岩上は動揺しながら、画面をスクロールする。

――誰と間違えたのか知りませんが、私はあなたの婚約者の平井舞子《まいこ》です。だけど、たった今、婚約は破棄します。

嘘だろう。血の気が引くような気分のなか確認すると、トークの相手はHiromiではなく、Hiramaiだった。ヒラマイ……。

どうやらとんでもない間違いをしてしまったらしい。自分はヒロミではなく婚約者の平井舞子に、昨夜、メッセージを送っていた。

――言い訳は一切、聞きません。土下座されようが泣かれようが、あなたの涙は一ミリも信用できないですから。ＬＩＮＥはブロックしますし、着信も拒否します。

血の気が、すうっと引いていくなか、最近、老眼気味だなと感じていたことを、頭の隅で思いだしていた。平井とは何かあれば電話しており、ＬＩＮＥを交換した覚えはない。だが電話番号で友だち登録されていたのかもしれない。一度もＬＩＮＥでメッセージを送ったことがないのが、あだとなってしまった。

——誰を抱くつもりなのか知りませんが、どうぞ勝手にしてください。今後一切、あなたと関わるつもりはありません。今後、私の前に絶対、現れないでください。

それはそういう意味じゃなくて、奢る、って意味なんだ！　と言い訳したかったが、その言い訳に意味がないことは、自分のメッセージを読み直してみればわかる。

——なお今後、今までのように仕事できるとは思わないでください。

岩上は呆然と、そのメッセージを眺めた。どうすればいい……。どうすればいい……。どう切り抜ければいいいんだ……。

と、誰かから新たにメッセージが届いた。真っ白の頭のまま確認すると、マネージャーの落合からだった。

——いきなりすみません。自分は岩上さんの担当を外れることになりました。今までありがとうございました。今日の現場は行けませんが、よろしくお願いします。

嘘だろう……。平井の本気を目の当たりにして、岩上はさらに呆然とする。

「あの、岩上さん、大丈夫ですか？」

「……ん」

「顔が真っ青ですよ」

視線を上げると、青い顔をした自分が鏡に映っていた。ばん、と音がしてロケ車のドアが開き、中里が顔を見せる。

「岩上さん！　そろそろお願いします！」

「……ああ」

さあ、今日も泣くかな、と、岩上はよろよろ立ちあがった。

「あれ？　体調大丈夫ですか？　顔色が相当悪いような……」

気付けば固唾《かたず》を呑むスタッフたちに見守られていた。ややおいた次の瞬間には、目の前に黒々とした液体があった。

ああ、そうか……。これがブラックラーメンで、自分は今からこれを食べて泣くんだ。

スタートの合図は、もうかかっていた。

まずはレンゲでスープをすくい、口へと運んだ。

あれ？　だけど、おかしいな……？　この違和感はなんだろう……。

スタッフたちが見守るなか、麺を箸で引き上げた。ゆっくりとすすり、じっくりと噛みしめる。だけどさらなる違和感を覚えた。

これは何だろう。一体、何が起きているんだろう……。ずるずると麺をすすり、スープを飲む。またずるずるとすすり、スープを飲む。またずるずるとすする。

顔を上げると、中里が無の表情でこちらを眺めていた。

自分には今、中里の気持ちが良くわかるのだ——。

こんなに黒いラーメンなのに、味は全くせず、スープはお湯で、麺はゴムだ。

味覚障害ってこういう感覚だったんだな。なるほどね、ゴムを食べてる感じ。わかる。わかるよ。岩上は麺をすすり続ける。

ブラックラーメンの液面に、それはぼたぼたとこぼれ落ちた。溢れる岩上の涙は止まらない。

おれは……その日、初めて涙を流したのかもしれない。

福神漬

深緑野分

頭ばかり使って生きてきた。肉体労働は苦手だし、立っているとすぐ疲れ、朝礼では校長の長い話に何度も貧血を起こした。外で遊ぶよりも読書を好む子どもで、家にずらっと並んだ本棚にぎっしり詰まった本を手当たりしだいに読んだ。祖父母も両親も愛書家だったから、本にだけは恵まれていた。

でも、それはもう前の話。

業者が家中を歩き回ってあちこちの寸法を採り、家具をどんどん運び出していく。昼過ぎには古本屋がやってきて、二束三文でごっそり買い取ってしまうと、見事だった本棚はがらんどうになり、お腹を空かせて恨めしそうに私を見た。五分後、その本棚も他の家具と一緒に業者に連れて行かれた。そのうちどこの誰とも知れない人の家に置かれて、私の知らない蔵書を並べられるのだろう。

両親から、借金が膨らみすぎてもう前のようには暮らせない、と宣言されたのは、大学二年生の秋のことだった。幸い、反社会的勢力の怖い人たちではなく、大手銀行から受けた融資だったので、ひどい取り立てはなかった。それでも、両親が営《いとな》んでいた喫茶店と、家にあるもの、そして家そのものを売り払う必要はあった。

私たちは築四十年の古ぼけたアパートに引っ越し、それぞれの時間をめいっぱい使って働いた。父は警備員、母はフルタイムパートの工場勤務、私はコンビニエンスストアの店員と、病院の清掃。授業料は高いし大学は辞めるつもりだったけれど、両親は絶対に卒業しろと言う。でも家賃を払い、日々の生活費を稼ぐのだけで精いっぱいなのに、どうやって未来を考えられるんだろう。私はいったん休学させてもらって、大病院で清掃員として働き、授業料の足しにすることにした。

これまでお金なんて気にもしなかった。今では月六万五千円の家賃、それに光熱費と食費が頭から離れない。あれほどたくさんあった本は姿を消し、どうしても守りたかった本だけが、小さな本棚に収まっている。部屋が狭いし、引っ越し代だって高い。車の免許を持っている友達に頼んで、ワンボックスカーで運び出せるだけのものしか助けられなかったのだ。

電話が鳴ると、まだ残っている借金の取り立てかもしれないと、震える。聞きたくないのに知らないふりを決め込めず、ふすまの向こうに集中して、父の声に耳を澄ます。

目覚まし時計が朝の五時を告げ、私はうめきながら起き上がり、暗くてかび臭い洗面所へ向かった。備え付けの給湯器のスイッチを入れ、赤い印がついている方の蛇口をきゅっとひねる。出の悪い水が耳障《みみざわ》りな音を立てて流れるのを手のひらで受け止めても、お湯はちっとも出てこない。水は指が痛いくらいに冷たく、よそよそしく固い感じがして、こんなのさえ私のものではないんだと思う。出しっぱなしでは水道代がもったいないから、勢いで顔を洗った。

いつもだったら台所に行っておにぎりを作るのだけど、炊飯器を開けたとたん、ため息が出た。昨夜予約スイッチを押すのをうっかり忘れてしまい、お米は水に浸って固いまま、しらっとしている。蓋《ふた》を閉めて炊飯スイッチを押したものの、今からじゃもう間に合わない。今日のご飯は買い弁決定。

前の家は二階と一階で部屋が分かれていたから聞こえなかった両親のいびきをBGMに、スニーカーを履き、つま先をとんとんしながら玄関を出る。朝六時からの早朝シフトは時給がいい。凍《い》てつく風が頬を撫《な》で、体がぶるっと震えた。アルバイト先のコンビニエンスストアまで、歩いて十分。外はまだ漆黒の夜のふち、朝が空の果てを明るくするのは、あと一時間半くらい先。マフラーで口を覆《おお》うと、白い息でメガネがもわもわと曇った。

緑の制服を着ると、まるでコンビニの看板で上半身をラッピングされたよう。客が来てはレジを打ち「三百八十円です」などと言い、時々カウンターに投げて寄越されるお金を集めてレジに入れる。肉まんの補充をし、夜番が洗っておいてくれたおでんの什器《じゅうき》につゆを注いで具を詰め、油揚げ類を湯通しする。期限切れの弁当類を廃棄、入荷した弁当やサンドイッチを棚に並べ、赤っぽい黄金色の朝日がコンビニの巨大なガラス窓から差し込むのを見て、そろそろ出勤ラッシュに備えねば、とせかせかレジに戻る。

「肉まんあんまんいかがですかー、ただいま二十円引きですー」

朝礼で店長から言われたとおりの言葉を、客が増えはじめた店内に向かって放つ。一時間、二時間、三時間、立ちっぱなしのふくらはぎを、片方の足の甲《こう》でこっそり叩いて、少しでも血行を良くしようとする。まさかこんなに長時間立つ仕事をすることになるとは、子どもの頃は想像もしていなかった。

自宅から駅へ向かう社会人たちの怒濤《どとう》の出勤ラッシュ、レジの前には長蛇の列、カウンターにどんどん置かれていく弁当やらペットボトルやらのバーコードをスキャンしては、金額を早口で宣言する。みんな私たちに意識されてるとは思ってないだろうけど、ほとんどの客の顔は把握してるし、買っていくものの傾向も覚えてしまう。水色マフラーのお姉さんは缶のカフェオレとメロンパン、銀ぶちメガネで黒コートのおじさんは冷たい緑茶にホットドッグ、温めあり。

そして十一時、休憩なしで働ける時間ぎりぎりまで働いて、退勤ボタンを押す。

朝から何も食べていないお腹は、もう限界だとぎゅうぎゅう鳴りまくる。着替えた私はレジに真っ直ぐ向かって、先輩のおばちゃんに「あんまん一個ください」と頼んだ。今の二十円引きあんまんは、おにぎりやカップラーメンよりも安い。しかし先輩のおばちゃんは什器の前でトングを持ちながら、「特製肉まんにしといたら？」と言う。

「特製肉まんならちょうどいい具合だけど、あんまんは売れ残っちゃってたから。だいぶ、ぶよぶよ」

「えっ……普通の肉まんはどうです？」

「普通のは売り切れ、ピザまんもなし。今あるのは、美味しそうな特製肉まんか、ぶよぶよあんまん」

どっちにする？　とおばちゃんはトングをかちかち鳴らしながら首を傾げる。でも特製肉まんはあんまんより六十円も高い。それに、この価格はかなりいいカップラーメンと同じだ。給料日は一週間後。

木枯《こが》らし吹く道を歩きながら、売れ残りのあんまんの紙袋を開けた。先輩のおばちゃんの言うとおり、それはもう見事なぶよぶよぶりだった。表面の皮は水分を吸いまくり、下の紙を剝《は》がしたところは溶けそうなほどびしゃびしゃで、ちょっとぬめっている。

ひと口食べてみると、まずい。底は湿ってるのに縁が固くて、乾いたお餅みたいにかぴかぴしている。感情を無にして食べ続けると、熱いあんこがどろりと出てきた。皮がまずいせいか、あんこまでも美味しくない。炊飯器の予約ボタンを入れ忘れた昨夜の自分を呪う。

これはカロリーだ。体を動かすエネルギーになるもの。ガソリンを注入される車と一緒。栄養源。「摂取ののち、体のすみずみまで行き渡ってるところ」を想像すれば、まずさが気にならなくなってくる。これはカロリー。

冬はいい。おでんと肉まん類が、ちょくちょく割引になるから。先週はおでん二十円引きウィークで、奮発してしらたきと大根を買った。ふたつで百十円。しらたきを一本ずつゆっくり啜れば満足感があるし、おつゆはカップに注ぎ放題、従業員特権で具ふたつでもLサイズのカップを使えば、たっぷりおつゆでお腹も膨れる。

定期券で電車に乗り、汗をかくほど暖められた車内の端っこで、図書館から借りた本を読む。日本の近代の食生活について書かれた本だ。ふだんは小説ばかり読んでいるけれど、新刊コーナーに表紙の面を上にして置かれていたこの本が気になって、手に取った。古い食堂の写真。朝ドラに出てきそうな、胸元がはだけかけた着物に、洋風のハンチングをかぶった男の人が、じっとこちらを見ている。ここは貧しい人向けに作られた食堂だ。

それまではお茶碗によそったご飯とおかずとお味噌汁というスタイルだったのが、大正時代に入って丼が登場したらしい。牛蒡《ごぼう》の油いためが美味しそうだなと思いながら読み進めていると、電車がブレーキをかけながら駅に到着した。

淡いエメラルドグリーンの清掃服に着替えて、頭に三角巾を巻き、病院の床にモップをかける。病院は大きいけれど古くて、いくら磨いても汚れはそこはかとなく残り、床のビニールもところどころべろっと剝げている。天井にはレールが走り、ファイル入れくらいの大きさのキャビネットが、ウィーンと音を立てながら運ばれていく。廊下ですれ違う、手すりにつかまりながらゆっくりゆっくり歩くお爺さん。互いの腕を摑《つか》み合って不安げにしているおばさんたち。黒いビニール袋みたいなダウンコートを着たおじさんとピンク色のコートを着た子。患者が誰なのかは、雰囲気でなんとなくわかる。

「ウエシマさーん、ウエシマさーん、いらっしゃいますぅ？」「二百四十一番の患者様は、五番にお入り下さい」「これは医療費負担がいくらで……」「会計窓口はこちらです」といった声が聞こえる中、トイレットペーパーを小脇に抱え、長いトングを入れたバケツを左手にぶら下げて、トイレを掃除しに行く。

勤務時間は昼十二時から夜九時、入院病棟の消灯時間まで。休憩は午後四時から一時間。汗のにおいが長いことしみつき、独特の饐《す》えたにおいを放ってるロッカールームで、三角巾と首からぶら下げていたＩＤカードを取り、清掃服の上だけ脱いで、家から持ってきた紺のカーディガンを着る。読みさしの本をお守りのように抱え、ロッカーの扉を閉めた。

食堂は一カ所だけ。病院と同じくらいに古めかしい食堂で、表のガラスケースには昭和っぽい食品サンプルがずらっと並んでいる。

三角形の茶色いおあげとネギが乗ったきつねそば、福神漬がちょこんと脇を飾るカレーライス、親子丼にかつ丼、定食いろいろ。永遠に冷めず、干涸《ひか》らびもしなければぶよぶよにもならない、美しくて食欲をそそる見た目のまま固まった食べ物たち。右の端には、鮮やかな緑色のメロンソーダや、こんもりしたアイスクリームが美味しそうなコーヒーフロートのグラスまで飾ってあった。もし大学の友達を連れて来たら、きっと大喜びで写真を撮り、ＳＮＳにあげるだろう。日替わりのＡ定食野菜炒《いた》め、Ｂ定食生姜《しょうが》焼きだけが、本物の料理にラップをかけられ、テーブルクロスの上でまずそうにくたびれている。

どの値段も大学の学食と同じくらいで、以前の私だったら、好きなものを躊躇《ちゅうちょ》なく食べられた。今は三百九十円のきつねかたぬきかわかめのそばばかり食べていて、少し余裕があれば定食の中で一番安い五百円の鮭《さけ》定食、もしくはカレーライス。中に入って食券機に五百円玉を入れ、カレーライスのボタンを押す。給料日前だけど、さっき食べたぶよぶよあんまんがあまりにも悲しくて、少しくらい贅沢してもいいんじゃないか、と思ったのだ。

食堂はさまざまなにおいが入り交じっていて、小学校の給食室を思い出す。お味噌汁や、カレー、炒めた豚肉、こんもりしたにおい。客席は看護師やインターンの先生、患者たちがちらほらで、席は中途半端に空いているためにどこに行っても相席になってしまう。奥に厨房《ちゅうぼう》があり、カウンターの向こう側では、オレンジ色の制服に、耳までネットの覆いがある白い帽子をかぶったおばちゃんたちが、むっつりした顔で「はい三番！　B定食！」「十番！　いないの？」とか叫んでいる。左側が食券口と配膳口、右側が返却口と、喫茶。喫茶なんて誰が使うんだろうと思ったけど、メロンソーダやコーヒーフロートを頼む人は意外といた。

「よろしくお願いします」

と言いながらカウンターに食券を置き、引き替えに楕円形《だえんけい》の番号札をもらう。無料の緑茶をプラスチック製の湯呑みに注いで、窓際の隅のテーブルについた。六人掛けの席にはすでに二人組の中年の看護師が座っていて、ちらっとこちらに視線をやったのは感じたけど、ここはいつもなんとなく空いてる席なのだ。あまり音を立てないように椅子を引く。

窓の外はどんより曇天《どんてん》、ただでさえか弱い冬の太陽の光は、ちっとも世界を温めない。私は持ってきた本の続きを読もうと、ページを開いた。

「九番!」

落ち着く間もなく調理場のおばちゃんに呼ばれてカウンターに向かうと、カレーライスが待っていて、私は脇に積んであるトレイを取って迎え入れる。

平たいお皿によそわれたご飯はぺったりしていて、しゃもじで上から押さえつけられたのがわかる。お皿の残り半分を埋めるしゃばしゃばの焦げ茶色の湖には、肉のかけらがほんのふたつ沈んでいるだけ。福神漬だけはこんもり盛られ、どんな配分で食べ進めても余りそうだった。

スプーンでご飯とカレーを掬い、口に運ぶ。間違いなくカレーなんだけど、自分では絶対再現できない味、どこをどうしたらこうなるのかわからない味が、口に広がる。水っぽくてコクがなくて、どことなく金《かな》くさいような、缶詰やレトルトパウチの中に長時間入っていたような味。工場で大量生産された味。そして、私は結構好きな味。

熱くも冷たくもない、ぬるいご飯とぬるいカレー、いつどこで食べても同じ味の赤い福神漬を口に入れながら、読みさしの本を開いた。ちょうど、大正時代の一食十五銭の公衆食堂では、一合五勺《いちごうごしやく》のご飯に鯖《さば》の煮付け、そして福神漬が添えられていた、というくだりだった。

福神漬ってカレー以外でも食べるんだ——甘いし、お漬物のイメージはないのに。カレーなしの白いご飯と福神漬の取り合わせって、ちょっとどうなんだろう。試しにスプーンでご飯と福神漬だけを掬って食べてみる。悪くない。けど、胡瓜《きゅうり》や茄子《なす》の浅漬けの方が合うと思った。昔の人って、ぬか漬けとか、もう少し〝らしい〟ものを食べていたような気がするけれど、そうでもなかったんだろうか。

その時突然、がらあん、がらあんと鐘の鳴る音が食堂に響き渡り、目の前を影がよぎった。むわっと磯臭いにおいが漂う。今の鐘の音は何だろうと思いながら顔を上げ、私はそのまま固まってしまった。

頭から手ぬぐいを頰被《ほおかぶ》りして、顎の下で結んでる男の人がいた。濃い灰色の着物はよれよれで薄汚れ、襟元がぐっと開き、痩せて飛び出た鎖骨が丸見えになっている。ぎょろっとした両目はまっすぐ手元の丼を見つめて、私のことなどちっとも気にしていない。丼の中身は、つゆだくのご飯にあさりとネギ。深川飯《ふかがわめし》っぽいけど、食堂にこんなメニューあったっけ？

あたりを見回して、私は椅子に座ったまま後ろにひっくり返りそうになった。まるで紙芝居で紙を一枚後ろにさげて別の場面を見せるかのように、景色が一変していた。部屋は薄暗く、テーブルは黒光りする木製のものになっていて、看護師もインターンの先生も洋服を着た患者たちも、忽然と姿を消していた。代わりに、着物に股引《ももひき》みたいなズボン、草履姿の人たちが座って、勢いよく丼をかき込んでいるのだ。厨房も違う。板前さんみたいな、つばのない白い帽子にお仕着せ姿の男の人が働いていて、出てきた料理は、時代劇みたいに髪を結い上げた女の人が運んでいく。テレビドラマの撮影だろうか。連絡ノートにはそんなこと書いてあっただろうか？　いや、私がぼんやりしてただけで、セットが組まれているのにも気づかなかったのかも。

とにかく急いでここから出なくちゃ——慌てて立ち上がった拍子に、椅子が後ろにひっくり返って、耳をつんざくような派手な音を立てた。視線が一斉にこちらに集まってくるのを感じ、体が強張《こわば》る。

次の瞬間、どっと、何かが破裂するように笑い声が上がった。

向かいに座る頬被りの男の人が何か言った。笑顔で、でも早口すぎて、あるいは訛《なま》りのせいか聞き取れない。頭にハンチングをのせた別の男の人がやって来て私の椅子を戻してくれ、そのまま隣にどっかりと腰かける。その後も次々と人が座っていき、あっという間にここは満席になった。

インクくさい新聞を広げる人、爪楊枝《つまようじ》を咥《くわ》えてもごもごさせながらぼんやり空《くう》を見ている人、手のひらにのせた硬貨を惜しそうに指で数え続けている人。

のんきな空気に落ち着きを取り戻した私は、小さく咳払いして自分の椅子に座り直す。やがて着物の上からエプロンをつけた女の人がお盆とやかんを持ってきて、テーブルは丼や欠けたお茶碗によそわれた料理で埋まる。真ん中にどかっと置かれたやかんと、無造作に積まれた湯呑み、そしてあちこち剝げちょろけたお箸が詰まった木筒。

みんな背中を丸め、お箸を握りしめてご飯に食らいつく。磯臭いどころか生臭さえあるあさり丼、お醬油で茶色く染まったお豆腐、薄すぎて透けている実のないお味噌汁。よく見れば、ご飯には麦や細長い外国のお米が混じっていた。

さっきまで読んでいた本と同じ――確かめてみようと探したけれど、本がいつの間にか消えている。私の目の前にある料理も、カレーライスでなく、山盛りのご飯と、ごくごく少量の煮物、お漬物らしき色の濃いものと、そして薄いお味噌汁に変わっていた。

おそるおそるお箸を取って煮物を摘《つ》まんでみる。煮すぎて茶色くくたくたになったちくわだった。口に運んでみると、お醬油の味ばかりが濃く、風味も歯ごたえもない。ご飯も固くばらばらで、粘りけも何もない。

まさかこれはテレビドラマの撮影ではなくて、本物の昔の時代なんじゃないか？そんな考えが頭を過《よ》ぎって、慌てて首を振る。馬鹿馬鹿しい、タイムスリップなんて現実にあるはずない。本の読みすぎだ。

ちらっと他の人の様子を窺《うかが》うと、満足げに目を細めて食べている人もいるけど、無表情のままの人も多い。だけど不思議と雰囲気は暗くなかった。ご飯をわしわし口に運び、時々互いにおしゃべりしながら、やかんのお茶を何杯も飲む。別の席には女の人たちもいて、同じような料理を勢いよく食べ続けている。

私もつられて食事を摂《と》る。〝摂る〟という表現が似つかわしいのは、コンビニのぶよぶよあんまんとよく似ていた。これは栄養源。体を動かすためのエネルギー。すると、だんだんお米の味が舌や顎《あご》のあたりから染みわたって、気分が良くなってくる。美味しくはない、決して。でも悪くない。

ちくわの煮物と、お味噌汁を順番に食べているうちに自然とお漬物に手が伸び、何も考えずにご飯と一緒に食べて、はっとした。

これは知ってる。福神漬だ。カレーライスの添え物だったはずのお漬物は、白米と合うかというとやっぱり違和感はあるけど、ごく普通に口の中で混ざり、胃袋へと落ちていく。他の人はどうなんだろうとあたりを見回せば、だいたいの人は気にせず食べていたけれど、真ん中の席にいたおじさんがお姉さんを捕まえて、たくあんがどうとか文句を垂れていた。

のどが渇いたのでやかんを持ち上げようとしたら、思ったよりもどっしり重くて、腕がへろへろになってしまう。すると向かいの手ぬぐい頬被りさんが代わりに持ち上げて、湯呑みにお茶を注いでくれた。

「……ありがとう」

御礼を言うと手ぬぐい頬被りさんは歯の欠けた黒い口でにっこり笑った。

次の瞬間、あたりが白っぽく明るくなり、喧噪が一気に戻ってきた。手ぬぐい頬被りさんは姿を消し、代わりにIDカードを首からぶら下げた会社員風の男の人が、向かいでカツカレーを食べていた。二人組の看護師はまだ隣にいて、ぺちゃくちゃおしゃべりしている。

夢でも、見ていたんだろうか。

心臓がどきどきするのを感じながら手元に視線を落とすと、食べかけのカレーライスと福神漬が、「まだ？」と言わんばかりに私を見ていた。消えていたはずの本はテーブルの上にちゃんとあって、読みさしのページが開きっぱなしだ。

「ね、あなた。大丈夫？」

急に声をかけられて目を見開くと、隣の看護師が心配そうな顔でこっちを見ていた。

「貧血かな。顔色があまり良くないよ」

「食べられる？　横になった方がいいんじゃない？」

そう言って、優しい手つきで私の袖のあたりにそっと触れてくる。やりとりを見ていた向かいの男の人が「お水を持ってきましょうか」と立ち上がって、グラスに水を注いできてくれた。

透明な水を飲むと急にくらくらして、本当に貧血になったようだ。看護師が「あっ、大変」と慌てる声が遠ざかり、私は真っ白い闇の中へと急激に落ちていった。

その後私は空いている病室に運ばれ、鉄剤を投与されてしばらく休んだ。診療時間終了間際に目が覚め、医師から言われたことは「働きすぎ、栄養不足」だった。「お大事にね」の言葉とともに持たされた栄養剤と鉄剤の紙袋を抱え、まだ少しふらつく足で、とっぷり暮れた冬空の下へ出る。

電車のシートに腰かけ、帰路につきながら、今日見たあの白昼夢のことを思い出す。本は膝の上のリュックサックに入っている――ぎゅっと抱きしめて両目をつぶる。

電灯や家々の窓から漏れる明かりが星のように輝く夜を、電車はゆるやかに滑っていく。口の中にはまだカレーと福神漬の味が残っていて、舌の先で歯の裏をなぞると、福神漬のかけらを見つけた。

これはどっちの世界で食べた福神漬なんだろう――そんなことを考えながら、私はまた眠りの中へ潜《もぐ》っていく。明日はもう少し栄養のあるもの、せめて美味しいものを食べようと考えながらも、小銭が惜しいように感じる。

いつかこれをどこかで書こう、まるで小説家みたいに。電車は小さく揺れ、カーブをゆっくり曲がり、あの古びたアパートのある街へ向かう。

参考文献　『胃袋の近代　食と人びとの日常史』湯澤規子著　名古屋大学出版会

どっしりふわふわ

柴田よしき

1

少し寝坊して起きると、もう蒸し暑い夏の一日が始まっていた。

朋子《ともこ》は布団の上に座って軽くストレッチをしてから起き上がった。五十を過ぎて、体のあちこちが硬く縮こまってしまった気がしている。若い頃はこれでも運動好きで、高校ではハンドボール部のキャプテンまで務めていたのに。

布団を畳《たた》んでから、シャワーが浴びたいなと思った。都会のマンション暮らしだった頃は、いつでも好きな時にシャワーが浴びられた。けれど今暮らしている実家の古い風呂場にはシャワーがない。体を洗うのも髪を洗うのも、湯船から手桶でお湯を汲《く》んで使っている。いい加減、こんな昭和三十年代の遺物のような風呂はリフォームして欲しいのだが、いまだに薪《まき》をくべて焚《た》く骨董品のような風呂を頑固な父が偏愛しているので、リフォームはまだ先のことになりそうだ。

父が子供の頃は、この村にはまだ電気が来ていなかったらしい。いや、一部の裕福な家や役場などには来ていたのだろうが、この家は当時村のはずれで、電線がひかれたのは戦後、父が中学に上がろうかという頃だったらしい。

いずれにしても、遠い遠い昔の話ではある。今では村の規模もいくらか大きくなり、この家よりも山寄りにも民家が多く建ち、大きなリゾートホテルまでオープンした。

二十数年ぶりに実家で寝起きするようになって、村の変化には驚いてばかりだった。朋子が村を出たのは二十六歳の時で、すでにバブルは弾け、ペンションブームも去っていたけれど、それでも村にはまだスキー客を当て込んだペンションがたくさんあった。夏はこれと言って呼び物もないこの村に遊びに来る観光客はそう多くなかったけれど、東京から車で二時間程度でパウダースノーが楽しめるスキー場として、村のゲレンデは賑わっていた。ペンションの稼ぎ時は冬、十二月から二月までの三ヶ月で一年分の利益をあげていた時代もあったらしい。

それでも、すでに翳《かげ》りはあった。スノーボードの流行が始まった頃だったが、ウインタースポーツ全般に昔のような勢いがなくなっていた。

その翳りを感じて、朋子は地元で店を持つことを諦めたのだ。

高校を出て専門学校に通い、パン職人見習いになった。車の免許を取って松本まで通い、人気のパン店で修業を積んだ。ひと通り、パンが作れるようになったと自他共に認めるのに五年。そろそろ独立して小さなパン屋を開きたい、と考えた時、地元の村で、という選択肢は早々に捨ててしまった。ウィンタースポーツの人気が下降線を辿《たど》っているのは紛れもない事実で、このままだと村のペンションはほとんどが閉業に追い込まれる。ペンションでの需要が見込めないとすれば、パン屋を開いたところで地元の人達が買ってくれるだけでは経営を続けられる利益は望めないと思った。

そんな時にタイミング良く、同じ専門学校の先輩男性から声がかかった。いっそのこと、東京で勝負してみよう、一緒にやらないか、と。

自分の店の為にとコツコツ貯めていた資金を投入するのは勇気が必要だった。けれど、共同経営でなければ東京に店を持つことなどぜったいに出来ないだろう。思い切ってその話に乗ることにした時、両親も祖父母も大反対だった。まだ三十にもならない若輩者、しかも女。田舎の価値観からすれば、東京で勝負してみたいなどと考えること自体が分不相応。

口論の挙句、最後は喧嘩別れのような形で村を飛び出した。共同経営者は先輩の他にもう一人いて、その人はすでに東京の人気パン店で十年以上のキャリアを積んでいた。三人の持ち金を合わせ、信用金庫から融資を受けても、賃貸料の安い下町に店を出すのが精一杯だったが、パンの味には自信があった。軌道に乗るには三年以上かかったが、なんとか楽に生活できる程度の利益も出るようになり、店舗を増やそうかなどと言い合っていた矢先に、思いもかけないことが起こった。先輩男性とその友人である共同経営者の二人が仲違いしてしまったのだ。

仲違いの本当の理由は、いまだに知らない。と言うか、薄々知ってはいたのだが、詮索《せんさく》しても仕方がないと思った。要するに三角関係。販売係として働いていた女性に、二人が同時に恋をしてしまったのだ。

結局、二人の仲は修復不能となって、店は閉店した。

ショックだった。パン作りとは何の関係もない他人の恋愛問題のせいで夢が壊れ、そのことに対して何も出来ない自分がそこにいて、いったい自分は何をしているのだろう、と情けなくなった。田舎に帰ろうか。百合《ゆり》が原《はら》高原村で、パン屋を開こう。地元の人しか買いに来ない店でも、人を雇わずに小さな小さな店舗でやれば、赤字にはならないかもしれない。

が、その時すでに、村にはパン屋が出来ていた。都会から来た夫婦が開いた、天然酵母の本格的なパンの店。そしてその店は評判になり、雑誌に記事が出るほどの人気店となっていた。

勝負にならない、と思った。朋子は、ずっとドライイーストでパンを作って来た。天然酵母を扱うのに今ひとつ自信が持てなかったし、手間やコストを考えると天然酵母のパンは価格を低くしにくい。東京の下町で薄利多売の競争を勝ち抜くには、価格の高いパンは不利だった。それに、パンの好みは人それぞれとは言っても、結局のところ日本人はフカフカとした柔らかいパンを好む傾向が強く、そうしたパンを作るにはグルテン含有量の多いマニトバ小麦が適している。マニトバ粉にはドライイーストの方が相性がいい、と朋子は思っている。

天然酵母が売りのパンであれば、粉も国産のハルユタカなどを使っているのだろう。ふわふわフカフカのパンではなく、少し重たい、どっしりとしたパンだ。嚙めば嚙むほど味が広がって満足感の高いパン。東京ならそのタイプのパンを売る店はいくらでもあるが、百合が原高原村の人々にとってはまったく新しい味だったに違いない。ふわふわしたパンなら国道沿いの大型スーパーで買えるけれど、一点物の着物のような天然酵母と国産小麦の手づくりパンの存在は、田舎の村人にとっては逆に「都会の香りのするもの」なのだ。雑誌にまで取材されるくらいだから、味も相当なレベルだろう。

朋子は村に戻ることを諦めて、手持ちの資金で店が開けそうなところを探した。が、下町の店を閉店した時に出資金に応じて分配はして貰《もら》ったものの、一人で店が持てるだけの金額ではなかった。賃料の高い東京を諦め、私鉄沿線の不動産屋を足が棒になるほどまわっても、希望は叶わなかった。生活の為には収入が必要だ。朋子は母校の専門学校に紹介して貰って、系列の専門学校で講師助手として働き始めた。給料は安く、アパートの部屋代と食費でほぼ消えてしまい、洋服一枚、映画一本が贅沢という生活だったが、日々パン作りに携《たずさ》わっていられたし、学校の調理室では材料も割合自由に使わせて貰えて、授業の後には新しいパンの試作をすることが出来たので、不満はなかった。そして、それが良くなかったのだ。

いつの間にか、店を持つという目標はどこかに棚上げされてしまい、二年後には学校側に勧められるまま、正規の講師となった。月給も増えたし、ボーナスも支給されるようになった。そしてふと気づくと、ベテラン講師と呼ばれる立場で歳も四十を過ぎていた。まるで魔法にでもかかったように、時は矢のごとく過ぎてしまったのだ。安いアパートから横浜の小洒落《こじゃれ》たデザイナーズマンションに移り、貯金も、店を開こうと思えば不可能ではない程度には貯まっていた。が、今更苦労して店など持たなくてもいいか、講師の仕事は楽しいし、と、あっさりと夢を捨ててしまった自分がいて、朋子はそのことを後悔もしていなかった。その頃の朋子は都会の生活を楽しんでいたし、自分がもう、田舎の村では生きられない人間になったとも感じていた。大晦日だけは田舎に帰って親を喜ばせたが、元日の夜にはもう荷物をバッグに詰めていて、二日の昼にはバスに乗って横浜に向かっていた。両親のことが嫌いだったわけではないし、田舎を出る時に喧嘩したことを根に持っていたわけでもない。ただ、繰り返される言葉に応じるのがとてつもなく苦痛だったのだ。

結婚はまだしないの？

結婚したい相手はいないの？

いいお見合いの話があるんだけど、写真だけでも見てみないかい。

今更、結婚なんかしたって仕方ないでしょ、もう子供だって無理なんだから。そう答えても、母親は食いさがった。何言ってるの、今は四十過ぎてたってちゃんと赤ちゃんが産める時代なんだよ。

時代の問題じゃない。私の問題だ。でも、母親を納得させることは難しい。

鏡に映る生え際がいつの間にか白くなり、五十歳、という節目に手が届くようになって、朋子は少しホッとしていた。いくらなんでも、この歳になってしまえば、結婚しろとか孫の顔が見たいなどと言われることもなくなる。

いつの間にか、肩書きも重くなっていた。勤めている専門学校での「主任講師」は、大学で言えば教授職のようなものだった。ただパン作りを教えていればいいのではなく、生徒を集めるにはどうしたらいいか、他の専門学校との差別化をどうすればいいかなど、経営戦略的な会議にも出なくてはならない。卒業していく生徒たちの就職の斡旋《あっせん》も重要な仕事で、希望者の就職率が百パーセントに近い、というのは学校の最大のアピールポイントだ。卒業生や講師陣の人脈をフルに活用して、パンメーカーやチェーン展開している大手のパン販売店などに一人でも多くの生徒を就職させる。生徒たちの人生に責任を負っているという気持ちから、朋子は仕事にのめり込んで行った。そしてふと気づくと、もはや自分はパン職人ではなくなっていた。

2

「朋子さーん、ご飯どうする？」

階下から母親の声がする。今年七十六歳になる母の千恵子《ちえこ》はすこぶる元気で、まだ畑には毎日出ているし、地元婦人会の集まりでしょっちゅう出かけている。そして早起きだ。毎朝五時には起きて、老犬のニコラの散歩に行き、帰って来ると自慢の竈《かまど》で飯を炊く。風呂といい台所といい、電気もガスもなかった時代、薪を燃やしてまかなっていた時代のままの骨董品で、なんとも手間がかかるのだが、新しい風呂や便利なキッチンにリフォームしようかという提案を頑《かたく》なに断るのが、家事労働を一手に担っている千恵子なのだ。今時、竈で飯を炊いている家は、百合が原高原村でもうちだけだ。

それでも確かに、竈で炊いたご飯は美味《おい》しい。都会で暮らしていた頃は、朝食はパン、それも大抵、焼かずに食べられるロールパンだった。恥ずかしくて誰にも言っていなかったが、パン職人のくせしてコンビニで売っているような袋入りの市販品を買って食べていたのだ。実習で作ったパンは生徒に持ち帰らせていたので、自分一人の為にわざわざ自宅でまでパンを焼きたいとは思わなかった。袋から取り出したパンにバターを塗って口に押し込み、ブラックのコーヒーで喉に流しこむ。それが朋子の朝食だった。味など気にしたことがない。宵っ張りで、寝付くまでと読み始めた本に夢中になって睡眠不足、などということが頻繁だったので、朝はギリギリまで寝ていたかった。

実家に戻って以来、朝から白い炊きたてのご飯を食べるようになって、多分少し太った。

「食べるー」

と返事をすると、早く降りてらっしゃーい、と母の声がした。

いつ実家に帰っても、いくつになっても、母の手料理が並ぶ食卓は嬉しい。と言っても、朝食は作り置きの惣菜を並べるだけというのが昔からの習慣だった。今朝も並んでいるのは、きんぴらごぼう、こんにゃくのピリ辛炒め、ひじきの含め煮、ポテトサラダ。すべて常備菜で、昨晩の夕飯の卓にも並んでいた。豆腐とワカメの味噌汁に竈で炊いた白いご飯。幸せな気分になる。

「朋子さん、それでどうなの、お仕事の方は」

幸せな気分は、両親からの詮索で台無しになった。心配だから訊いている、その気持ちはありがたいけれど、答えることがどれだけ苦痛か。

「こんな田舎じゃ、あなたのキャリアにふさわしい仕事なんか見つからないでしょう。松本までなら車で一時間ちょっとなんだから、松本で探したら？」

八十が近くなっても、母の言葉は明瞭でいつも正しい。結婚前は地元の小学校の教員で、農家のこの家に嫁いでからも、頼まれれば産休の教員の代わりに臨時教員をしていた。

村人の中には、母に教わった、という人も少なくない。

一方、父は根っからの農家の男だ。この高原ではあまりいい米は収穫できないので、祖父母の代から野菜を中心にしていたようだが、父の代で始めた高原トウモロコシが評判になって、一時はトウモロコシ一本で生計が成り立っていた。が、やがて北海道産のトウモロコシが関東の市場に出回ると、トウモロコシだけではやって行けなくなり、父は諏訪の精密機械工場に勤めるようになった。今でもトウモロコシは栽培しているが、最盛期の頃に比べたら作付け面積は四分の一にも満たない。

父は定年で工場を退職してからも、せっせと畑仕事に精を出しているせいか、見た目も体力的にも若々しいが、それでも朋子の目には、老けたなあ、と映る。

貯金はそこそこあるし、このままこの家で家事手伝いをしながら生きていくのも悪くないかな、などと思っているのに、両親から見ればまだ五十かそこらで勤めにも出ず、そうかと言って結婚する気もまったくない娘、というのは奇異なものに見えるのかもしれない。

村に戻れば仕事なんかない、というのは重々承知の上だった。それでも戻って来たのは、朋子の心が、故郷に帰りたい、帰ってとにかく休みたい、と悲鳴を上げていたからだ。

パン職人だったはずなのに、いつの間にか専門学校の運営に関わる仕事をするようになり、職人から教職、そして経営者的な立場でものを見るようになっていた。そしてそのことに疑問などは抱かず、むしろ楽しんでいた。収入は毎年のように増えて、賃貸マンションから駅近くに2LDKを購入して住むようになり、服や靴にもお金がかけられるようになったことが、単純に誇らしかった。

そんな生活を楽しんでいた、あれは十年前。朋子は、ヒロに出逢った。

ヒロは朋子が受け持っていた講座の学生だった。つまり二十歳も年下。当然、恋愛対象などではない。ルックスも別に好みではなかった。少し粗野というか、雑な雰囲気の子で、けれど手先は素晴らしく器用、パン作りに対しての勘も良かった。当時、朋子はすでに主任講師だったので授業は実技的なことではなく、将来パン店を開きたいと考えている学生たちの為に、経営的なことを教える内容だった。けれど自分の興味半分と学生受けを狙って、学生たちが実習で作ったパンをみんなで食べながら、というフランクな授業スタイルをとっていたので、ヒロが作るパンを口にする機会が何度かあったのだ。

基本にしっかりと忠実な、美味しいパンだった。態度や言葉遣いの雑さとは裏腹に、そのパンはとても丁寧に作られていた。粉をふるうところから、混ぜて、こねて、発酵させて、成形して、また発酵させて、焼く。どの工程でも手抜きをせず、我流にも走らずに基本に忠実に作業するには、根気と、作業過程の一つずつをきちんと理解する知力、そして、それでもなかなか思うようにはならない、微生物の力を借りることへの、おおらかさが必要だ。それらを合わせ持つ職人というのはなかなかいないものだ。ヒロはいいパン職人になるだろう、と朋子は思った。

そしてヒロが卒業する時、あなたの成績なら大手メーカーにも就職できると告げ、どうしたいのかと意志を訊いたのだ。するとヒロは答えた。

「とりあえず、放浪して来ます」

「放浪？」

「世界中にはいろんなパンがあるでしょう。それを知りたいんです。作り方も味も、現地の人たちがどんな風に食べているかも知りたい」

「それは面白そうね。でも、お金はどうするの？」

「パン屋でバイトします」

ヒロはあっけらかんと言った。

「一通りは焼けると思うんで、旅行資金貯まるまでバイトして、貯まったら旅に出ます。で、お金なくなったらまたバイトします」

若いのだ、と朋子は思った。ヒロは若い。二十二歳、怖いもの失うものが何もない。

もし身内の子だったら止めただろう。十年も経てば若くはなくなる。それから慌てても いろいろと遅い。せっかくしっかりと基礎を身につけたのだから、まずはそれを活かして、さらにスキルを高められるような店で修業すべきだ。あるいは安定した人生の為に、メーカー勤務を選ぶのもいい。

が、「放浪の旅」には朋子自身、惹《ひ》かれるものがあった。歳をとってしまったらそんな冒険はしたくてもできなくなるだろう。若い時代にしかできないこと、というものは確かにある。

どのみち、この子の人生だ。わたしのじゃないし、わたしの子供や親戚の子のそれでもない。

朋子は曖昧《あいまい》に応援する言葉を並べ、卒業後のヒロの進路希望には、未定、と書き込んだ。学校側からすれば、どこでもいいからひとまず就職はして貰いたい。就職率が下がるのは困る。なので、アルバイト勤務を「試用期間」としてくれるパン店をヒロにいくつか紹介し、その一つに押し込んだ。表向きは就職したことになる。それにヒロの技術ならば、試用期間が終われば店の方から正社員になってくれと引き留められるに違いない。その頃にはヒロも、社会に出て働くことの面白さに気づいてくれるだろうし、何より、自分が焼いたパンが実際に店で売られて、それを買ってくれる人たちの存在を知ることで、パン職人としての誇りに目覚めてくれるだろう。そんな、自分に都合のいい物語を勝手に頭に描いていた。

一年後、ヒロが突然、学校に現れた。受付で朋子の名前を言い、会いたいと。

「百万、貯めました」

ヒロは笑顔で言った。

「百万貯まったら旅に出ようって決めてたんです。結構大変でしたよ、給料安かったから。でもやっと旅に出るんで、先生に挨拶して行こうと思って」

返す言葉もなく、ヒロのあっけらかんとした顔を見つめていた。

「それで、次はいつここに来られるかわからないし、ずっと言わなかったこと、言っておこうと思ったんです」

言わなかったこと？

「先生のことが好きです」

ヒロは言った。

「旅先からメール出します。いつになるかわからないけど、日本に戻ったらまた会いに来ます。先生、だから、誰とも結婚なんかしないでね」

「あ」

朋子は何か言おうとしたのに、驚き過ぎて何も言えなかった。

「本気ですから。じゃ、お元気で。メアド、ここのしか知らないけど、もしここ辞める時は、ちゃんと新しいメアド教えてくださいね」

もちろん、本気にしたわけではなかった。と言うよりも、勝手に誤解して恥をかくのはごめんだった。好き、にもいろいろなニュアンスがある。LOVEではなくLIKEなのだ。それだけのこと。当たり前じゃないの。

思い返してみても、自分に隙があったとは思えない。物欲しそうな目でヒロを見たつもりはないし、心の中を見透かされていると思ったこともなかった。ただ、ヒロの焼いたパンを食べている時は、妙な心地良さを感じていたのは事実だった。あの子の焼いたパンは、わたしの口に合うのよ。

メールはたまに届いた。ヒロは確かに世界を旅していた。旅先でヒロはたくさんのパンと、そのパンを作る人々、食べる人たちに出逢っていた。メールに添付されている画像は、朋子が見たこともないほど巨大なパンや、ほとんど膨らんでいない固そうなパンなど、学校で作り方を教えないパンたちで溢れていた。そしてそれらのパンを焼く人の真剣な顔。食べる人の笑顔。長細いパンでチャンバラのような遊びをする子供達。たくさんの、世界のパンの物語があった。

この子はいい旅をしている。朋子はヒロが羨《うらや》ましかった。

たった百万円ではすぐにお金がなくなって戻って来るだろうと思っていたのに、ヒロの放浪は三年も続いた。旅先で、季節労働者に混ざって果物を収穫したり、町のパン屋で働いたりして日銭を稼いでいるようだったが、詳しいことは知らないし、質問もしなかった。ずっと後になって、収入の大半は、旅先で知り合った日本人旅行者の通訳のようなことで稼いでいたと知ったけれど、それにしても半日観光に付き合って五千円、その程度のわずかな稼ぎだったらしい。それでも放浪生活を続けられる、そんな世界の広さを朋子は知らなかった。

ヒロが帰国したのは三年後の夏だった。バックパックを背負ったままで学校にやって来て、ただいま、と笑った。

「作りたいパンがわかったんです」

ヒロは言った。

「なのでそれを作って、売ることにしました」

「お店を開くの?」

「知り合いから、ホットドッグの移動販売車を安く譲《ゆず》ってもらえることになったんです。これから営業許可を取ります」

「ホットドッグ、作るのね」

「いえ、サンドイッチです。こういうの」

ヒロは、ラップに包んだものを無造作に朋子の前に置いた。

包みを開いて見ると、薄くスライスされたパンの間に、ハムとチーズが挟まっているだけの、とてもシンプルなサンドイッチだった。見たところ、チーズはゴーダ、ハムはボンレスのようだが、それらには特に変わったところがない。変わっているのはパンだった。

「これは……」

朋子はパンの香りを嗅ぎ、指先で弾力を確かめた。

「酵母は天然酵母ね。元は野菜かしら」

「さすが、朋子先生。人参をすって酵母を採りました」

「自分で酵母を。穏やかでいい香りだわ。でも……」

「膨らみ、足りないですよね」

ヒロは笑った。

「いろいろ工夫してみたんだけど、まあこんなもんしか」

「粉は、地粉《じごな》？」

「はい。埼玉の農家が作った小麦粉です」

「地粉と天然酵母は相性がいいはずだけど、それにしてもこの粉はグルテン不足ね。パンには向かない小麦粉じゃないかしら」

「そうかもしれないけど、味が気に入ったんでこれで行きます」

「行きますって……」

膨らんでないパンなんて、硬くてボソボソして、とても食べられたものじゃないでしょ。

朋子は半信半疑で、パンの端を少しつまみ取り、口に入れた。

……えっ！

なにこれ。美味しい。

でもこれって……パンなの？

硬いし、予想した通りボソボソだった。ふわふわももちもちも、ない。しっとりもしていない。口の中の水分を吸い取られるようで、呑み込めない。なのに、噛んでいると口の中に穏やかで圧倒的な美味《うま》さが広がっていく。しっかりとした小麦の味だ。滋味豊かで、深い味だ。薄くスライスされているのに、食べ応えがある。どっしり、ずっしりとした食感がある。

「放浪していて、膨らんでないパンを食べてる人たちが意外に多いってわかったんです。パンが今みたいにふかふか、ふわふわになったのって、近年のことなんですよね。それまでは硬くてずっしりしたパンの方が普通だった。こういうボソボソした、でも噛んでるとじわーっと美味しく感じるパンが、世界中にはたくさんあった。作るとしたらこういうのを作りたい、って思ったんです」

朋子はチーズやハムと一緒にパンが口に入るように、大きくかぶりついてみた。

悪くない。悪くないけど。

「これはこれで美味しいと思うし、嫌いじゃない。でも、一般ウケするかどうかって考えるとね。なんだかんだ言っても日本人は、ふかふかしたりもちもちしているパンが好きじゃない？」

「でも、ふかふかに飽きて時には変わったのが食べたい、って思わないですか」

「それは思うかも。ただ、そういう贅沢な食事が楽しめるのは、都会で暮らしてそこそこにお金を稼いでいる人、ってことにならない？　いつでもふかふかしたパンが買えるから、たまにはどっしりした硬いパンが食べたくなる。個性的なベーカリーがたくさんあって、デパ地下なんかもあって、世界中のいろんなパンが食べられる、そういう都会で暮らしている人なら、こういうパンへの理解もあるでしょう。でも、ごくごく普通の商店街でこのパンのサンドイッチを売ったとして、採算がとれるだけの固定客がつくかしら」

ヒロは腕組みして考え込んだ。

「どっちかと言えば、都会じゃないとこでこういうパンを売りたいんだよね。こういうのって、なんか都会よりも、広々とした草原とか青く輝く海辺とか、爽やかな風が吹く高原なんかで食べたい味じゃないですか」

「そうかもしれない。でもこのままでは、どうかな」

「うーん」

考え込んでしまったヒロの手の甲を軽く叩いて朋子は言った。

「とにかく、作りたいパンの形は見えたわけだから、このパンをもう少し追究してみたら？　すぐにお店を出さなくても、あなたの歳ならもう少し修業してからでも遅いってことはないと思う。もし勉強するつもりがあるなら、天然酵母と国産の小麦粉のパンで名の知られたベーカリーで働けるように紹介してあげられるわ」

そしてヒロは、都内のベーカリーで働き始めた。さらに半年後、朋子はヒロと一緒に暮らし始めていた。

3

自分でも、自分は正気じゃない、と思った。二十歳も年下の子との同棲。ヒロに仕事を紹介してあげてから、何度か食事をしたり、映画を観に行ったりした。もちろん、友達として。それ以上の関係になるつもりなどまったくなかった。なのに、ある夜ヒロにこう言われた。

「で、そろそろ返事を聞かせて欲しいんだけど。ずっと前にこっちの気持ちは伝えてあるよね、朋子先生。あなたが好きです。あなたは？」

黙ったままでいる方が苦しい。朋子は、俯《うつむ》いて答えた。

わたしも、あなたのことが好き。

それでも自分のマンションにヒロを招き入れて一緒に暮らすことには抵抗があった。逃げ道は残しておきたかったのだ。自分が働いて買ったマンション、そこだけは守っておきたかった。どうせこんな関係、まともじゃない。いつか壊れてしまうだろう。ヒロがふと、なんでこんなおばさんと一緒に暮らしてるんだろう、と思ったらそれで終わり。だから、終わりが来た時に逃げ帰れる部屋だけは残しておく必要があった。

スーツケースに入るだけ。それが全部。それだけ持って、ヒロが借りている家に転がり込んだ。

駅からバスに乗って三十分、バス停から歩いて十五分。朋子の勤務地は横浜だったが、電車とバスを乗り継ぐと二時間近くかかる。それで車を買った。通勤と買い物に使うだけなので軽自動車で充分だった。とても不便なところにある家だったので、家賃は安かった。ヒロは都内のベーカリーで働いていたので、終バスに乗って出勤した。ベーカリーの始業時刻は毎朝午前五時。終バスと終電を乗り継いで真夜中に職場に着き、寝袋で仮眠して朝から働く。開店は午前七時、開店時刻には店の前に行列が出来ているらしい。昼過ぎにはほとんどのパンが売り切れ、閉店は午後三時。掃除をしたり翌日の仕込みをしたりして、四時半には店を出る。帰宅して、家事をする。ヒロは家事が得意だったが、一方的に朋子先生に尽くすつもりはないんで、と言って、トイレと風呂と庭の掃除を朋子の分担にした。朋子が職場から戻るのは午後八時頃。ヒロが用意してくれた夕食を食べ、風呂とトイレを掃除してから、小さなソファに二人並んで映画のＤＶＤを観た。そして、たまに愛し合った。そのあとヒロは風呂に入り、髪を乾かして職場に向かい、朋子は一人で本を読みながら眠りに就いた。そんな生活。

先生、は余計だといくら言っても、朋子先生、と呼ぶのをやめてくれなかった。

幸せだった。

たとえヒロの錯覚の中の砂上の楼閣《ろうかく》であっても、あの生活は美しくて穏やかで、満ち足りていた。

和室が二間に、板敷きの台所。隙間風が吹き抜ける古い木造平屋建て。庭は小さいけれど南向きで、ヒロはワイルドフラワーの種を適当に蒔《ま》いた。ワイルドフラワー、つまり、いろいろな野の草、花の咲く種を混ぜて袋詰めしたもの。

「福袋みたいだよね」

ヒロはそう言って、節分の豆まきのように、福はーうちー、と言いながら種を蒔いていた。そしてそれらの種は発芽し、成長して、初夏の頃には名前も知らない花が次々と咲いた。

ヒロは、そんな人だった。

几帳面《きちようめん》で生真面目なところと、大雑把《おおざっぱ》でおおらかなところとが同居していた。神経質ではなかったけれど、図太くもなかった。つまらないことで小さな喧嘩をすると、自分から謝ろうとはせずに意固地に縮こまっていた。だからいつも、朋子の方から折れた。そしてヒロを抱きしめた。

華奢《きやしや》な体だが、背中の筋肉は張り詰めていた。

愛していた。

少子化の影響なのか、競争過多のせいなのか、朋子の職場である専門学校の経営が思わしくなくなり、大手資本に吸収されたのは二年前のことだった。幸い、朋子はリストラ対象から外《はず》れ、継続雇用して貰えたのだが、仕事の内容が大きく変わった。製パン技術を教える専門学校から、系列の製菓工場の人事部に異動になってしまったのだ。そして、朋子に課せられた業務ノルマは、期限内に二十人のリストラ、だった。

工場で働く人たちをクビにする。理由はなんでもいい、面接して業務査定して、法的に問題がないように辞めて貰えばそれでいい。割増退職金は規定の一・五倍、再就職支援のミーティングも設定する。就職コンサルタントに講演してもらって、ハローワークとの連携でエトセトラエトセトラ。アリバイ作りのような姑息《こそく》な手をいくつも用意して、年齢の高い人から面接、できればその順番で退職して貰いなさい。新しく上司になった親会社から派遣された人事課長は、戸惑う朋子の気持ちなどまるで無視して、どこまでも機械的に無感情に、朋子が業務を遂行することを求めた。

毎日が、息苦しさと罪悪感とで地獄のように辛くなった。

わたしはパン職人なんだ。パンを作るのが好きで、夢は自分の店を持つことだった。なのに、どうしてこの歳になって、こんなに辛い思いをしないといけないんだろう。

パン屋を開いて、自分が焼いたパンを買って貰い、美味しかったと言われたい。それだけが願いだったはずなのに。

自分が、あの頃の思いからとんでもなく遠くに来てしまっていることが、たまらなく悲しかった。

それでも、五十歳目前で今この仕事を辞めたら、もう正社員での再就職は難しいだろう。定年まであと十年、耐え続ければ老後を生きるに充分な蓄えと退職金を得ることが出来る。定年退職して、小さなパン作り教室でも開いて。そうだ、ヒロが店を持つのを援助してもいい。その頃にはヒロはきっと、一流の職人になっているはず。ヒロの夢の為、投資してあげたい。ぽん、とお金を出してあげたい。

歯を食いしばって出勤し、心をボロボロにして帰宅する毎日。

ヒロに文句を言われても、トイレ掃除をする気力すら残っていなかった。そうかと思えば、家にたどり着くなり食事もせずに、パン作りを始めた。粉をこねていたかった。叩いて伸ばして、丸めて。膨らむのを眺めていたかった。

真夜中にオーヴンから焼きたてのパンを取り出して、泣きながら食べた。

わたしはパン職人だ。首切り人じゃない。

「そんなに嫌なら、辞めればいいのに」

ヒロの言葉が、朋子の気持ちを、限界を、壊してしまった。

どんなに嫌でも、そんなに簡単に辞めたりできない。それが社会人だ。ヒロはずるい。いつまでも半分、放浪していた頃の、若くて無責任な心を持ち続けていた。

「辞めてどうするのよ！　この歳ではもう、正社員で再就職なんかできないのよ！」

「貯金はあるんでしょ、会社勤めなんか辞めて、またパン職人に戻ればいい。店を開いて、自分が焼きたいパンを焼いて売ればいいじゃないか！」

「そんなに簡単に言わないでよ！　あなたにはわからないのよ、あなたはまだ若くて、才能もあって、何をやっても失敗する気はしないでしょ。わたしは違う。わたしは一度失敗してるの。店を持つってことはそんなに簡単なことじゃない。貯金があるって言ったって、何億円もあるわけじゃないのよ！　店の権利金払って、改築して、人を雇って、それでいくらかかると思ってるの！　失敗したらわたし、この歳で無一文になっちゃうのよ！　そんなこと簡単にできるわけないでしょう！」

「無一文になったって、パンは焼けるじゃん」

「パンだけ焼いてどうするのよ！」

「パンが焼けたら、なんでもできるよ。そのパンを誰かに食べさせてあげることができる」

「わたしの生活はどうなるの？」

「そんなもの」

ヒロは、紅潮した頬を輝かせて言った。

「なんとでもなる。なんとでもしてみせる。一緒にいれば、どうにでもなる」

嬉しかった。あの時、どっと溢れ出た涙は、嬉しさの涙だった。

だが同時に、ここまでだ、と思った。ここまでだ。これ以上もう、ヒロの人生の邪魔はできない。

わたしは五十歳。ヒロはまだ三十になったばかり。ヒロには才能がある。パン職人として、いずれ世間に名を知られる存在になるだろう。いやすでに、ヒロは勤めているベーカリーで自分のアイデアのパンを商品にしてもらっていて、雑誌で特集まで組まれるほどの人気者なのだ。そのうちには独立して、行列のできるパン屋の主人となるだろう。いやもっと上、世界レベルのパン職人の仲間入りだって夢じゃない。そう、また海外に出るのもヒロの人生には必要かもしれない。

そんなヒロの人生に、わたしはいらない。邪魔なのだ。

あと三十年生きることが出来たとして、その頃のわたしは、今の母ほど元気でいられるだろうか。もし、認知症にでもなってしまったら。

翌朝、朋子は再びスーツケースに入る分だけ荷物をまとめて、物置にしていた自分のマンションに戻った。

ヒロと離れた今、辛すぎる仕事の為に通勤電車に乗る気力も残ってはいなかった。退職願を出して、マンションも片付け、家具は売り払った。実家に電話をして、今から帰る、と告げた。

そして、百合が原高原行きのバスに乗った。

「これ美味しい。わたしが作るとひじきって、なんか水っぽくなっちゃうんだよね」

朋子は、ご飯の上にひじきの煮物を盛り上げた。

「そりゃ、年季が違うから。お嫁に来た時にお姑さんから教わって、もう五十年以上作ってるからね」

「コツってあるの」

「さあねえ。昔っからのやり方でそのまま作ってるだけよ」

「作り方、教えてよ」

「あらら、朋子さん、どういう風の吹きまわし？　料理を教えてなんて、今まで一度も言ったことなかったのに」

朋子はご飯を頬張った。甘辛いひじきの、ふっくらとした感触が炊きたてのご飯に見事に調和している。

「豆畑のとこに小さな建物を建てて、田舎レストランとか開いたらどうかな」

「え？」

「ほら、エンドウ豆作ってるあそこ。村道沿いで結構、観光客の車が通るじゃない」

「ああ、あそこはリゾートホテルに行く近道だから」

「どうせエンドウ豆は出荷してないんでしょ。うちで食べる分だけなら、別のとこでも作れるよね」

「そりゃそうだけど」

「あそこ確か、地目《ちもく》も農地じゃなかったよね。高い税金取られてるなら、せっかくの道路沿いなんだし何か商売しないと勿体《もったい》無いじゃない」

「別にそんな高い税金でもないけど。でも田舎レストランって、何を出すのよ」

「これよ、これ」

朋子はひじきの煮物の器を持ち上げた。

「竈で炊いたご飯に、こういうの大皿で並べてね、食べ放題にするの。セルフサービスなら人もあんまり雇わないでいいし。営業はランチだけ、それも土日祝日だけ。今は観光客だって、そうそうリッチにホテルでランチばかりはしていられない時代よ、飲み物付きでお腹いっぱい食べられて千円未満なら、ぜったいお客がつく」

「土日祝日だけ？」

「そう。商売で一番経費がかかるのは人件費だから、その人件費を最小限に抑えるには、客が来ない日はやらないに限る」

「村の人たちはお客にならないのかねえ」

「ならない」

朋子は言った。

「だってひじきの煮物だの切り干し大根だの、いつも食べてるじゃない。でも東京から来る観光客は、こういうのを喜ぶのよ」

「ふーん、そんなもんかねえ。けど朋子さん、あんたはパンを作ってたんでしょう。どうせこの村で店を開くなら、なんでパン屋さんにしないの」

「パン屋は設備投資が大変なのよ。パン焼きの工房を作るだけでもお金がかかる。そのくせ、パンの単価って安いでしょ。それにパンなら、都会には所詮《しょせん》、勝てない。東京から遊びに来る観光客は、美味しいパンには慣れてる。確かにこういう高原にあるってだけでなんか美味しいパンになりそうではあるんで、ドライヴの土産に買ってくれる人はいるだろうけど、どんなに美味しくたって、わざわざ東京から毎週買いに来てくれる人なんかいないだろうし」

「この村にも、美味しいパン屋さんはあったのよ」

「あおぞらベーカリーでしょ？　こっちに戻った時に何度か買ったことあるよ。確かに美味しかったし、なんか個性的なパンだったよね。でも結局、潰れた」

「潰れたわけじゃないわよ、ご夫婦でパンの本を書きたいとかって、世界旅行に出られたのよ。あおぞらベーカリーはそこそこ繁盛《はんじょう》していたのよ。この村にはまだ別荘だってあるし、美味しいパンを売ってくれる店があれば、やって行けないことはないと思うわよ」

あおぞらベーカリーのパンと、わたしのパンは違うのよ。朋子は説明しようとしたが、面倒になって止めた。朋子が得意とするパンは、マニトバ小麦を使ったふわふわのパンだ。誰がなんと言おうと、やっぱり日本人がいちばん好きなのは、ふわふわの柔らかいパンだと思う。バターと、それにイチゴのジャムをたっぷり塗って食べる、ふかふかのパン。どんな上等のケーキよりも美味しい、と朋子は思っている。

ヒロとは、パンの好みだけはまったく合わなかった。それでも互いの焼いたパンを二人でよく食べた。どっしりした、噛めば噛むほど味の出て来るヒロのパン。ふわふわした、口に入れると溶けてしまうわたしのパン。

ヒロ。

ヒロに逢いたい。

でも、逢ってはいけない。

ＬＩＮＥの登録も削除した。メールアドレスも変えた。マンションも売却した。

何か一つでも未練を残したら、ヒロと別れることなんか金輪際出来なくなる。そう思ったから。

４

田舎レストランを開く思いつきは悪くないはず。その日から、朋子はレストラン開店に向けて動き出した。役場に出向いて開業の相談をした。土地の地目は農地ではないので、建物を建てたり商売をすることに法的な問題はなかった。だが畑になっている現況を建物と駐車場に作り替えるには、考えていたよりもお金がかかると判った。コツコツと二十数年貯めた貯金にマンションを売った分を合わせると、そこそこの大金になるのだが、土地の整備、建物の建築でほとんどがなくなってしまう。厨房設備を整えたり開店の広告を出したり、数ヶ月分の人件費をプールしたりと考えていくと、若干の借金が必要になりそうだった。

この歳になって、今更、借金までして店を開くことが正しいのかどうか。何もしなければ、死ぬまでなんとか暮らしてはいける。実家にいれば家賃が必要ないから、贅沢を望まなければ年金だけでも生活できるし、貯金は実家の改築にまわせるから、快適で便利なキッチンや、ボタン一つでお湯が張れる浴槽も手に入る。そのうちに父や母との別れは来るけれど、村道沿いの土地を売れば相続税に悩むこともなさそうだ。

このまま余計なことをしなければ、安穏な老後がおくれるのだ。

でも、その老後に、わたしは何をして過ごしたらいいんだろう。ボランティアでもやる？ 婦人会に入って漬物でも作る？

もう五十、だけど、まだ五十、だ。母の歳まで生きるとしてもあと三十年近くもある。三十年、退屈しのぎの漬物作りに参加して、後の時間はどうするの。本でも読もうか。

朋子は憂鬱《ゆううつ》になった。

ヒロと別れると決心し、仕事からも逃げ出そうと決めた時には、百合が原高原以外に行くところなどないと思った。ここに戻って来ることだけが自分を救ってくれる、そう思った。事実、救われた。母が竈で炊いたご飯を出してくれて、それを食べて、自分は立ち直った。あのままだったらきっと、心を病んでいただろう。

それでも、ヒロに逢いたいと思う気持ちは、一日一日と増している。

自転車で村の中をなんとなく走り回った。子供の頃によく遊んだ果樹園が、立派なハーブガーデンになっていた。売店に立ち寄ると、生のローズマリーが束で売られていた。これでフォカッチャを焼こう。ローズマリーと岩塩を散らしたフォカッチャ。オリーヴオイルも買わないと。

オイルを入れて作るフォカッチャは、気泡が大きく抜けて、中が穴だらけになる。ふかふかだがサクッとしていて、食事によく合う。ローズマリーと岩塩を散らしたものは、ヒロの好物だった。柔らかいパンでもこれは好き、と笑った。

ハーブガーデンから自転車で少し行くと、牧場の先に以前はペンションだった洒落た建物が見えて来る。今は、東京から来た女性がカフェを営業している。地元の男性と結婚したらしいが、なかなかの美人だという噂だった。

店名がフランス語。こんな田舎町でフランス語か。東京の人の考えそうなこと。

自転車を駐車場の隅に停め、ドアを開けた。カランカランとカウベルの音がした。

「いらっしゃいませ」

涼やかな声だった。カウンターから、細身の女性が出て来る。なるほど美人だ。そして理知的。なんとなく面白くない。どうしてこんな、メジャーとは言えない高原でわざわざカフェなんか開いたのかしら。この店の開店資金、自分で用意したのかしらね。金持ちのパトロンがいたとか、いやいや、ＩＴ成金の不倫相手だったのかも。手切れ金をもらって、カフェのオーナー。田舎の純朴な独身男を捕まえて、まんまと奥さんに収まった？

「こちらメニューになります。ランチタイムは終わってしまいましたけど、ここに載っているお食事でしたらお出しできます」

「お腹は空いてないの。アイスティーでいいわ」

朋子は、メニューを開きもしなかった。多分十五歳は年下。それなのにカフェのオーナーだ。わたしはコツコツ働いて来たのに、土日だけ営業する小さな店一つ、持てない。そりゃ持とうと思えば持てるんだけど。でも借金までする度胸なんかないもの。

カウンターに一人、客がいた。なんとなく、その背中に見覚えがある。

……えっ⁉

朋子は立ち上がった。

「ごめんなさい、オーダー、キャンセルしてください、ちょっと急用ができて」

慌てて店を出ようとしたその肩を、むんず、と摑《つか》まれた。

「逃さない」

ヒロの声。

「アイスティー頼んだんだから、ちゃんと飲んで行ったら？」

「なんで」

朋子は驚き過ぎて言葉が出ないのを無理に絞り出した。

「どうしてってここにいるのよ！」

「どうしてって、決まってるでしょ、朋子先生を探しに来たんだよ。百合が原高原のどこか、ってだけしか知らなかったけど、苗字で探せばすぐに見つかると思ったんだ。それなのに、このあたりにはいっぱいいるんだってね、山本《やまもと》さん」

確かに山本姓の多い村だった。

「どうしよう、一軒ずつ当たろうかなって思ったんだけど、ひとまず昼ごはん食べてからと思ってここに入ったんだ」

「食べ終わったのなら帰りなさい。こんな村、何も観光するとこなんかないわよ」

「観光に来たんじゃないもん。朋子先生に会いに来た」

「会ってもどうしようもないわよ。わたし、もう向こうへは戻らないから。実家で親と暮らすの」

「戻って来てなんて言ってない」

「だったらもう話すこともないわ。お願い、わたし忙しいのよ」

「忙しい人がカフェでアイスティー」

「ちょっと休憩したかったの！　お願いだからわたしに構わないで」

「そうはいかない」

ヒロは朋子の肩を掴んだまま、椅子に沈めた。

「ちゃんと座って。話があるんだ」

「わたしにはないわ」

「だったら黙って聞いて。あのね、ヒロは仕事、辞めたから」

自分のことをヒロと呼ぶ時、ヒロは少し興奮している。

「辞めたって……」

「そろそろいいかな、と思ったんだ。独立してパン屋さん、開く」

「……そう。そうなんだ。よかった、おめでとう」

その報告か。朋子は肩の力を抜いた。

「あなたならきっと成功するわ。どこに開くの？　東京？　それとも横浜？」

「ここ」

ヒロは、ニンマリと笑った。

「さっき物件見て来た。以前にベーカリーがあった建物、そのまま残ってるんだ。厨房設備もそのままあったよ。居抜きで売りに出してるらしいけど、なかなか買い手がつかないんだって」

朋子は、ヒロの顔を穴があくほど見つめた。

「朋子先生が戻って来ないならヒロが来ればいい、そう思ったんだ。すぐに来たかったけど、資金のこととかいろいろ準備してて遅くなっちゃった」

「……冗談はやめて」

「こんな手のこんだ冗談なんか言うわけないでしょ。いい物件なんだよ、小さいけれど二階に住居が付いてる。寝室一つとＬＤＫだけだけど、二人で暮らすなら充分だよね」

「何言ってるのよ」

朋子はカウンターを見た。美人オーナーの姿はない。奥の厨房にいるのだろう。それでも思わず、声を潜《ひそ》める。

「ここは都会じゃないのよ。わかってる？　あなたとわたしが二人で暮らし始めたりしたら、何を言われるか」

「友達だって言えばいいじゃない」

「歳が離れ過ぎてるわよ」

「友達になるのに歳なんか関係ないでしょ」

「そういう問題じゃない。そんな理屈、通用しないのよ、ここでは。わたしには実家があるのに、どうして友達と狭いとこで暮らすのよ。どんな言い訳したらいいのよ」

「言い訳なんてしなくていいよ。言い訳しないといけないようなこと、何もないでしょ」

「あなたは田舎の怖さがわかってない。悪い噂を立てられたら、こういうとこでは生きていかれないのよ」

「悪いことなんか何もしてない」

「でも！」

「噂を立てられたらその時はその時、嫌になったら店閉めて出て行けばいいじゃない。何かする前からそんなにビクビクしてたら、疲れちゃうよ」

「ヒロ！」

「必要なんだ」

ヒロは、真っ直ぐに朋子を見つめていた。

「あなたが必要なんだ。そしてあなたのパンも、必要なんだ」

「わたしの……パン？」

「ふわふわの、白いパン。よく膨らむ粉で焼いた、柔らかいパン。どっちも必要なんだよ、どっしりしたヒロのパンも、朋子先生のパンも。どっちもあるから楽しいんだ。どっしりとふわふわ。店の一角にイートインコーナー作ろうよ。コーヒーと紅茶くらいなら、出せるでしょ」

「ヒロ、ちょっと待って」

「もう待てない。もう、待たない。あなたが戻って来るのをずっと待ってて、待ちくたびれた。待つ必要なんかないんだ、ってわかったんだ。あなたのことが好きです。昔から、ずっと好きです。好きなままです。他に何が必要？」

「どうぞ、アイスティーです」

二人の間に、グラスに入った琥珀色《こはくいろ》の飲み物が出された。

朋子は耳まで赤く染めて、どうも、と呟《つぶや》いた。

「ごゆっくり」

美しいカフェの女主人は、優雅な仕草で頭を下げ、またカウンターの奥へと消えた。

その途端、ヒロの腕が朋子を抱きしめ、ヒロの唇が朋子のそれと重なった。

5

「やっと百合が原に、パン屋さんが戻って来たねぇ」

南《みなみ》は嬉しそうに、元はあおぞらベーカリーだった店のドアを開けた。

「娘が昨日、ここで食べてね、すっごく美味しかったって絶賛なのよ。楽しみ！」

店内は、懐かしい内装のままだった。けれどパンが並べられた棚は半分しかなく、店の半分はイートインスペースになっている。

「わあ、面白い」

南が歓声をあげた。そこには、薄く切ったカンパーニュに具を挟んだサンドイッチが並んでいる。

「見て見て、ひじき！　こっちのは切り干し大根とチーズ？　わあ、納豆まである！」

カンパーニュは全粒粉で焼いてあるらしい。他にライ麦パンのサンドイッチもある。具はどれも個性的だった。ひじきを煮含めたものと、ゆで卵を刻んだ卵サラダ。切り干し大根にスライスしたゴーダチーズ。納豆と混ぜられているのはカッテージチーズ？　生ハムと生の桃はわかるけれど、もしかしてこれは、柴漬けを混ぜ込んだ、ご飯！　焼いた牛肉と柴漬けご飯がパンに挟まれていた。

「ご飯をパンで挟むなんて、あり得ないけど、でも美味しそう。なんか楽しいね、このとんでもない感じ」

「こっちのはデザート系みたいね」

別の棚には、一転して白いパンが並んでいた。蜂蜜バター。いちごジャム。生クリームと栗の甘煮。甘く優しい味のものばかり。

「なんかもう、カロリーのことは忘れるしかない、って感じ。どうしよう、全部食べたい」

南はトレイの上にパンを山積みした。

「一つずつ食べて、あとは持って帰ります」

南が言うと、レジにいた女性がにこやかに訊いた。

「どちらをお食べになります？」

「あ、じゃあ、そのひじきの。あ、やっぱりもう一つ、蜂蜜バターのも食べます。それとアイスコーヒー」

奈穂《なほ》も、トレイをレジに運んだ。

「あ、カフェ・ソン・デュ・ヴァンの」

「はい。開店おめでとうございます」

「ありがとうございます」

あの時の女性が、穏やかな笑顔で言った。少しふくよかな体型で、ツヤツヤとした髪をした、優しそうな女性。年齢は四十代後半ぐらい？　その瞳はキラキラと輝いて学生のように若々しい。

カウンターの奥には厨房が少しだけ見えている。そこには背の高い、スリムな女性がいた。ベリーショートの髪型がとても良く似合っている。

あの時、ヒロ、と呼ばれていた、あの美しい女性だった。

「うーん、美味しい。このひじき、すごくない？」

「ほんとね、すごくふっくらしてる」

「このパンはあおぞらベーカリーのにちょっと似てるね。どっしりしてて、嚙むとじわっと美味しくて。それでこっちの白いパンは、ふっかふかのふわっふわ。こんなに個性の違うパンが同時に楽しめるなんて、いいお店だねえ。あのレジのとこにいた人、山本さんちの娘さんでしょ。パン作りの先生してたんですって」

「そうなんだ。プロ中のプロなのね」

「それでもう一人の、あのすっごい綺麗なひと。彼女は山本さんの教え子らしいよ。世田谷の超人気ベーカリーで働いてて、コンテストで何度も賞とった天才なんだって」

「南さんたら、詳しいのね」

「だって村中噂で持ちきりだもん、あんなに綺麗な人がパン屋さん開いたなんて。でも山本先生の愛弟子で、山本先生が故郷でベーカリーを開くって聞いて、手伝いたいって飛んで来たんだとか。なんかいいよねえ、師弟愛というか。いつまでこの村にいてくれるのかわからないけど、出来たら奈穂さんみたいに、ここでいい人見つけて定住して欲しいなあ」

どっしり、と、ふわふわ。

あの日、厨房まで聞こえて来た二人の会話については、奈穂はもう、忘れることにした。それでも、洗いあげたカップを戻そうとうっかり厨房を出てしまって目に飛び込んで来た、しっかりと抱き合った二人の姿は、とても美しく気高い一枚の絵として、奈穂の心に刻まれている。

二人の幸せな日々が、末長く続きますように。

この新しいパン屋さんが、いつまでも繁盛しますように。

百合が原高原にまた一つ、素敵な場所が出来ました。

本書は文春文庫オリジナルです

初出

「エルゴと不倫鮨」柚木麻子
オール讀物二〇一九年八月号

「夏も近づく」伊吹有喜
オール讀物二〇一八年五月号

「好好軒の犬」井上荒野
オール讀物二〇一八年三月号

「色にいでにけり」坂井希久子
オール讀物二〇一九年八月号

「味のわからない男」中村航
オール讀物二〇一八年十月号

「福神漬」深緑野分
オール讀物二〇一九年八月号

「どっしりふわふわ」柴田よしき
オール讀物二〇一九年八月号

イラスト　坂本ヒメミ
デザイン　木村弥世
DTP制作　エヴリ・シンク

文春文庫

注文《ちゆうもん》の多《おお》い料《りよう》理《り》小説集《しようせつしゆう》

定価はカバーに表示してあります

2020年4月10日　第1刷
2021年8月5日　第2刷

著　者　柚木麻子《ゆずきあさこ》　伊吹有喜《いぶきゆき》　井上荒野《いのうえあれの》
坂井希久子《さかいきくこ》　中村航《なかむらこう》
深緑野分《ふかみどりのわき》　柴田《しばた》よしき

発行者　花田朋子

発行所　株式会社　文藝春秋

東京都千代田区紀尾井町 3-23　〒102-8008
TEL　03・3265・1211㈹
文藝春秋ホームページ　http://www.bunshun.co.jp

落丁、乱丁本は、お手数ですが小社製作部宛お送り下さい。送料小社負担でお取替致します。

印刷・凸版印刷　製本・加藤製本
Printed in Japan
ISBN978-4-16-791481-3